日語動詞，讀這本就夠了！

林士鈞老師　著
元氣日語編輯小組　總策劃

作者序

這是一本關於日語動詞的書。動詞是大家學日文時容易遇到障礙的地方，主要原因應該是聽到動詞變化就腿軟。動詞變化很難嗎？對我來說很簡單，但是對各位讀者來說當然很難。我說很簡單的原因不是因為我是老師，而是日文的動詞變化很有規則、幾乎沒有例外，當你學到一定的量之後，完全不用擔心要背什麼不規則變化。各位覺得很難的原因則是：量不夠。

本書就是為了這樣的你們存在的，先擺脫動詞變化的概念，從單字、例句著手，每個字、每個例句持續看下去，動詞變化慢慢會在腦中有個雛形，最後你會發現，原來就是這樣，原來規則沒有多難。

此外，動詞的發音也是大家頭痛的地方。「和語動詞」（「**飲む**」、「**食べる**」等）和「漢語動詞」（「**旅行する**」、「**結婚する**」等）最大的差異在於，「和語動詞」是日文原有的動詞，漢字傳入日本後，再將漢字加入，也就是漢字在「和語動詞」裡是「表義」的功能，因此發音通常為「訓讀」，也因為發音和漢字無關，所以非常難記；而「漢語動詞」則大多是將中國傳入的漢詞加上「**する**」（動詞化），當動詞使用，此時的漢字的「表義」功能，對華人而言，是極為自然的，而且同時也具有「表音」的功能，發音通常為「音讀」，對我們來說好學又好記。

這就是為什麼「**旅行する**」對我們來說很簡單，但「**飲む**」卻常常要想半天，才想得出來它的發音。因此，要學好日文動詞，當然一定要想辦法把「罩門」，也就是「和語動詞」學好。根據研究，現在還在使用的日文「和語動詞」約有三千二百多字，當然，我們不需要這三千多字全會（我想即使是日本的國語學者，也頂多會其中的七～八成）。

本書就從這三千多字中，精選出了七百餘字，讓讀者學習。學會了這七百多字，有什麼用呢？如果您這些字全部記熟，對於動詞的了解已經相當接近日文系畢業生，具備就讀日文研究所的基本素養，也有了在日本讀書、就業的能力，日文的報章雜誌及書籍上的動詞，應該有八成以上都看得懂，當然，要通過日檢N1也不成問題。

本書依照五十音順序，仿照字典，依序排列這七百多字。並依照使用的頻繁程度將之加上星號（★），星號愈多，表示該字愈常使用，一定要會。星號愈少，並不是表示不重要，而是表示不常出現，通常會較為陌生，相對地就請讀者多看它幾眼。此外，本書也可以拿來當作能力測驗的準備，一顆星（★）代表的是日檢N1範圍的動詞、二顆星（★★）則是代表日檢N2範圍的動詞。加油！要學好日文，就先把這七百多字記起來吧！

如何使用本書

● 本書略語說明

自五	五段活用自動詞（Ⅰ類自動詞）
他五	五段活用他動詞（Ⅰ類他動詞）
自一	上、下一段活用自動詞（Ⅱ類自動詞）
他一	上、下一段活用他動詞（Ⅱ類他動詞）
自サ	サ變活用自動詞（Ⅲ類自動詞）
他サ	サ變活用他動詞（Ⅲ類他動詞）
自カ	カ變活用自動詞（Ⅲ類自動詞）
自他	同時具有自動詞與他動詞性質的動詞

● 如何掃描QR Code下載音檔

1. 以手機內建的相機或是掃描QR Code的App掃描封面的QR Code
2. 點選「雲端硬碟」的連結之後，進入音檔清單畫面，接著點選畫面右上角的「三個點」。
3. 點選「新增至「已加星號」專區」一欄，星星即會變成黃色或黑色，代表加入成功。
4. 開啟電腦，打開您的「雲端硬碟」網頁，點選左側欄位的「已加星號」。
5. 選擇該音檔資料夾，點滑鼠右鍵，選擇「下載」，即可將音檔存入電腦。

● Part 1 日語動詞變化，讀這些就夠了！

本書Part 1解說動詞活用變化型態，將現代日語動詞常用變化做深入淺出的介紹，讓初學者能迅速了解並記熟動詞變化規則，為日語文法厚植基礎，而中、高級學習者也能隨時查詢、溫故知新。

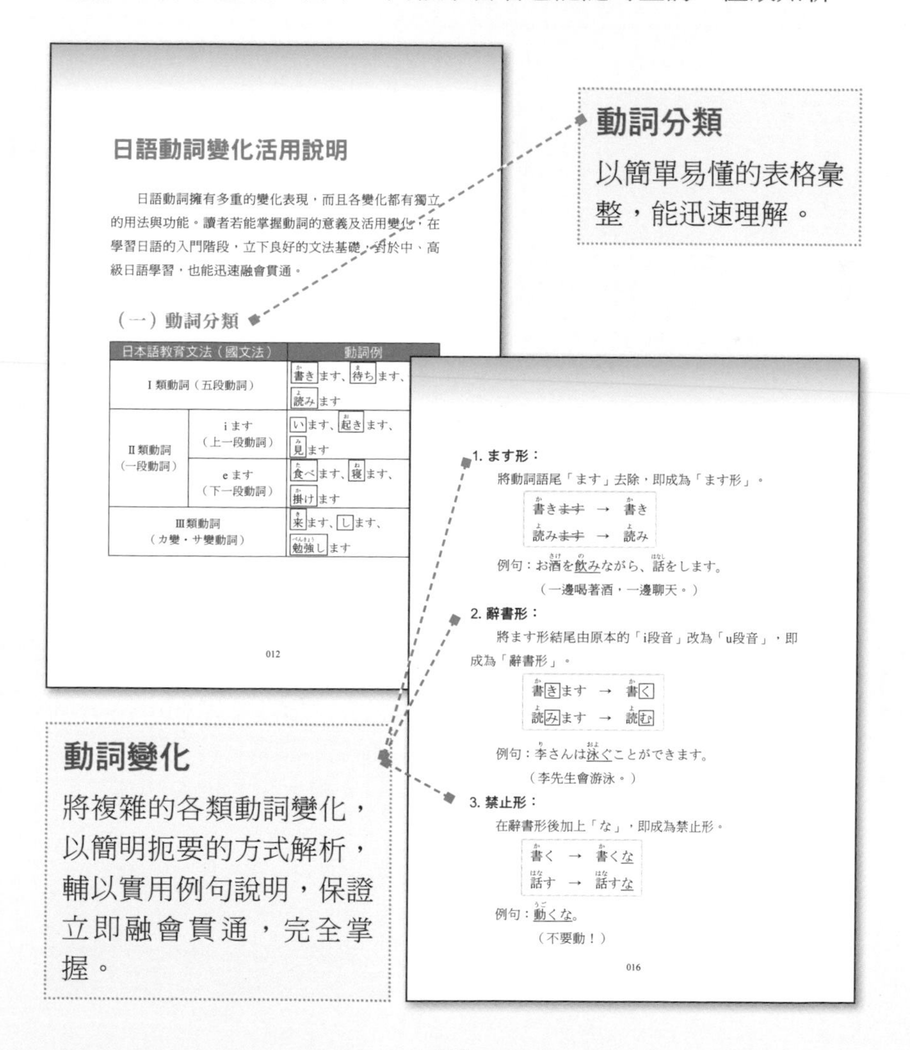

日語動詞變化活用說明

日語動詞擁有多重的變化表現，而且各變化都有獨立的用法與功能。讀者若能掌握動詞的意義及活用變化，在學習日語的入門階段，立下良好的文法基礎，對於中、高級日語學習，也能迅速融會貫通。

（一）動詞分類

日本語教育文法（國文法）		動詞例
I 類動詞（五段動詞）		書きます、待ちます、讀みます
II 類動詞（一段動詞）	i ます（上一段動詞）	います、起きます、見ます
	e ます（下一段動詞）	食べます、寝ます、掛けます
III 類動詞（カ變・サ變動詞）		来ます、します、勉強します

012

1. ます形：

將動詞語尾「ます」去除，即成為「ます形」。

書きます → 書き
讀みます → 讀み

例句：お酒を飲みながら、話をします。
（一邊喝著酒，一邊聊天。）

2. 辭書形：

將ます形結尾由原本的「i段音」改為「u段音」，即成為「辭書形」。

書きます → 書く
讀みます → 讀む

例句：李さんは泳ぐことができます。
（李先生會游泳。）

3. 禁止形：

在辭書形後加上「な」，即成為禁止形。

書く → 書くな
話す → 話すな

例句：動くな。
（不要動！）

016

● Part 2 日語動詞，讀這些就夠了！

所有語彙依日語五十音順序編排，便於檢索參照，釋義簡明扼要，例句精準實用，適合所有初級至中、高級的日語學習者。

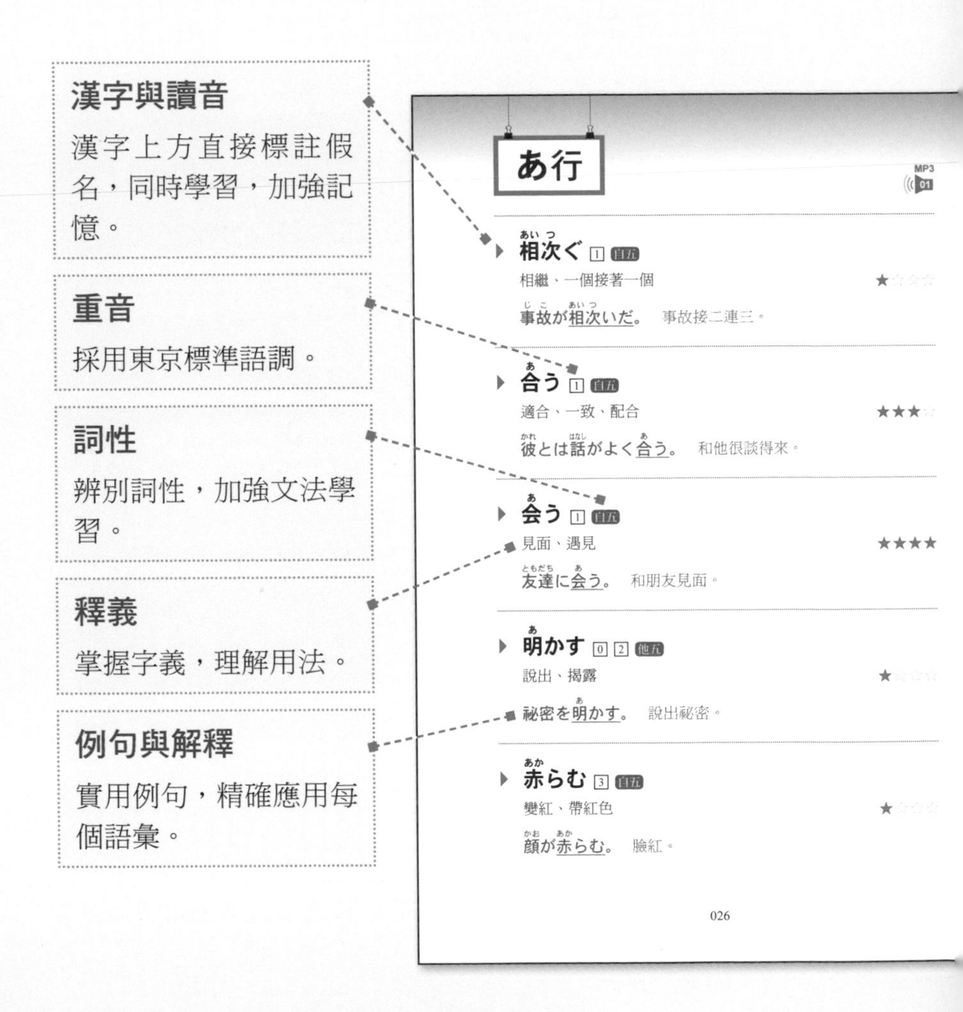

學習紀錄

記錄學習時間，認真熟讀三回，把語彙深記在腦海。

學習紀錄 1 2 3

MP3 01

上がる 0 自五 ⇔ 上げる
提高、上漲、升起 ★★★
3階に上がる。 上三樓。

呆れる 0 自一
吃驚、愣住、受夠了 ★
今時の若者には呆れる。 受夠了時下的年輕人。

開く 0 自五 ⇔ 開ける / 開く
開 ★★★★
窓が開いた。 窗戶開了。

空く 0 自五 ⇔ 空く
閒、空 ★★★
部屋が空いている。 房間空著。

開ける 0 他一 ⇔ 開く / 開く
打開 ★★★★
窓を開ける。 把窗戶打開。

027

音檔序號

日籍名師錄製，發音最準確，學習最道地的日語。

字首標示

依日語五十音順序編排，便於檢索。

相關語彙

標註該語彙的相似、相關語彙，便於參照比較，觸類旁通。

重要性

依使用頻率由高至低，分別標記四顆星至一顆星。★愈多愈重要，請務必熟記。

目次

Part 1

日語動詞變化，讀這些就夠了！

日語動詞變化活用說明

日語動詞擁有多重的變化表現，而且各變化都有獨立的用法與功能。讀者若能掌握動詞的意義及活用變化，在學習日語的入門階段，立下良好的文法基礎，對於中、高級日語學習，也能迅速融會貫通。

（一）動詞分類

<table>
<tr><th colspan="2">日本語教育文法（國文法）</th><th>動詞例</th></tr>
<tr><td colspan="2">I 類動詞（五段動詞）</td><td>書(か)きます、待(ま)ちます、
読(よ)みます</td></tr>
<tr><td rowspan="2">II 類動詞
（一段動詞）</td><td>i ます
（上一段動詞）</td><td>います、起(お)きます、
見(み)ます</td></tr>
<tr><td>e ます
（下一段動詞）</td><td>食(た)べます、寝(ね)ます、
掛(か)けます</td></tr>
<tr><td colspan="2">III 類動詞
（カ變・サ變動詞）</td><td>来(き)ます、します、
勉強(べんきょう)します</td></tr>
</table>

表格內（　）部分表示的是傳統文法，也就是「國文法」的動詞分類用語。由於某些讀者過去學的是傳統文法，所以一併列出讓讀者對照。

要了解動詞變化，要先知道如何動詞分類，圖中框起來的部分稱為「ます形」。在現代日語教育文法中，大多以「ます形」來進行動詞的分類，同時「ます形」也成為動詞變化的基礎。請讀者們務必記住，將動詞語尾的「ます」去掉，就成為該動詞的「ます形」（「ます形」在傳統日語文法中稱為「連用形」）。

動詞	→	ます形
食(た)べます	→	食(た)べ

屬於Ⅲ類動詞的有「来(き)ます」、「します」、以及其他「名詞＋します」的漢語動詞。對學習者來說，最困難的應該是如何區別Ⅰ類動詞和Ⅱ類動詞。請先注意Ⅰ類動詞的「ます形」結尾，所有Ⅰ類動詞的「ます形」結尾均是「i段」音結束；而Ⅱ類動詞的「ます形」結尾則有「i段」音、「e段」音兩種。所以，只有Ⅱ類動詞的「ます形」才會以「e段」結束，例如：「食(た)べ」、「寝(ね)」、「掛(か)け」等等。因此，可以得到一個結論：

「ます形」結尾是「e段」的動詞為Ⅱ類動詞

但是，「ます形」結尾是「i段」的動詞要怎麼區別呢？在初級日語的階段，「i段」結尾的Ⅱ類動詞並不多。所以只要將下列「i段」結尾Ⅱ類動詞記住，其他的動詞自然就是Ⅰ類動詞。等到學得更多更久，其他偏難的字也都分得出來了。

「iます」結尾的Ⅱ類動詞

動詞	中譯	動詞	中譯
浴(あ)びます	浴、淋	着(き)ます	穿
います	在、有	過(す)ぎます	超過
生(い)きます	活著	信(しん)じます	相信
起(お)きます	起床	足(た)ります	足夠
落(お)ちます	掉落	できます	會、能
降(お)ります	下車	似(に)ます	相似
借(か)ります	借（入）	見(み)ます	看

（二）動詞變化

I 類動詞

動詞例	五段變化	接尾語	動詞變化	名稱
書きます	書か＋	ない	書かない	ない形
		れる	書かれる	被動形
		せる	書かせる	使役形
	書き＋	——	書き	ます形
	書く＋	——	書く	辭書形
		な	書くな	禁止形
	書け＋	る	書ける	能力形
		ば	書けば	假定形
		——	書け	命令形
	書こ＋	う	書こう	意向形
	音變＋	て	書いて	て形
		た	書いた	た形

1. ます形：

將動詞語尾「ます」去除，即成為「ます形」。

書(か)き~~ます~~ → 書(か)き

読(よ)み~~ます~~ → 読(よ)み

例句：お酒(さけ)を飲(の)みながら、話(はなし)をします。

（一邊喝著酒，一邊聊天。）

2. 辭書形：

將ます形結尾由原本的「i段音」改為「u段音」，即成為「辭書形」。

書(か)きます → 書(か)く

読(よ)みます → 読(よ)む

例句：李(り)さんは泳(およ)ぐことができます。

（李先生會游泳。）

3. 禁止形：

在辭書形後加上「な」，即成為禁止形。

書(か)く → 書(か)くな

話(はな)す → 話(はな)すな

例句：動(うご)くな。

（不要動！）

4. ない形：

將「ます形」結尾的音改為「a段音」，再加上「ない」，即成為「ない形」。若結尾是「い」時（例如「会(あ)います」、「習(なら)います」），要變成「わ」，然後再加「ない」。此外，「あります」的「ない形」，不是「あらない」，而是「ない」。請當作例外記下來。

書(か)きます	→	書(か)かない
会(あ)います	→	会(あ)わない
あります	→	ない

例句：タバコを吸(す)わないでください。

（請不要抽菸。）

5. 被動形：

將「ます形」結尾的音改為「a段音」，再加上「れる」，即成為「被動形」。若結尾是「い」時（例如「会(あ)います」、「習(なら)います」），要變成「わ」，然後再加「れる」。

書(か)きます	→	書(か)かれる
会(あ)います	→	会(あ)われる

例句：李（り）さんは犬（いぬ）に足（あし）を噛（か）まれた。

（李先生被狗咬到了腳。）

6. 使役形：

將「ます形」結尾的音改為「a段音」，再加上「せる」，即成為「使役形」。若結尾是「い」時（例如「会（あ）います」、「習（なら）います」），要變成「わ」，然後再加「せる」。

書（か）[き]ます	→	書（か）[か]せる
会（あ）[い]ます	→	会（あ）[わ]せる

例句：先生（せんせい）は李（り）さんを立（た）たせた。

（老師要李同學站起來。）

7. 能力形：

將「ます形」結尾的音改為「e段音」，再加上「る」，即成為能力形。

書（か）[き]ます	→	書（か）[け]る
話（はな）[せ]ます	→	話（はな）[せ]る

例句：李（り）さんはかたかなが読（よ）める。

（李先生會唸片假名。）

8. 假定形：

將「ます形」結尾的音改為「e段音」，再加上「ば」，即成為「假定形」。

書(か)きます　→　書(か)けば

買(か)います　→　買(か)えば

例句：国会図書館(こっかいとしょかん)へ行(い)けば、その本(ほん)が借(か)りられます。

（去國會圖書館的話，就借得到那本書。）

9. 命令形：

將「ます形」結尾的音改為「e段音」，即成為「命令形」。

書(か)きます　→　書(か)け

急(いそ)ぎます　→　急(いそ)げ

例句：走(はし)れ。

（跑！）

10. 意向形：

將「ます形」結尾的音改為「o段音」，再加上「う」，即成為「意向形」。

書(か)きます　→　書(か)こう

がんばります　→　がんばろう

例句：ビールを飲(の)もう。

（喝啤酒吧！）

11. て形：

I 類動詞的「て形」變化需要「音變」（日文為「音便(おんびん)」，指的是為了發音容易，而進行的變化），其變化方式看似複雜，但只要熟記以下規則，當作口訣多複誦幾次，任何 I 類動詞都能輕鬆變成「て形」。

ます形結尾「い」「ち」「り」促音變

ます形結尾「み」「び」「に」鼻音變

ます形結尾「き」い音變

ます形結尾「し」無音變

促音變：「い」「ち」「り」→「って」

会(あ)います → 会(あ)って

待(ま)ちます → 待(ま)って

入(はい)ります → 入(はい)って

鼻音變：「み」「び」「に」→「んで」

飲(の)みます → 飲(の)んで

遊(あそ)びます　→　遊(あそ)んで

死(し)にます　→　死(し)んで

い音變：「き」→「いて」（「ぎ」→「いで」）

書(か)きます　→　書(か)いて

泳(およ)ぎます　→　泳(およ)いで

無音變：「し」→「して」

出(だ)します　→　出(だ)して

返(かえ)します　→　返(かえ)して

例外：行(い)きます　→　行(い)って　唯一的例外，請務必牢記

例句：立(た)ってください。（請站起來。）

12. た形：

音變和「て形」相同，因此只要將以上「て形」的「て」改成「た」，即成為「た形」。

例句：風邪(かぜ)の時(とき)は、薬(くすり)を飲(の)んだほうがいいです。

（感冒時，吃點藥比較好。）

II 類動詞

動詞例	ます形	接尾語	動詞變化	名稱
起(お)きます	起(お)き +	ない	起(お)きない	ない形
		られる	起(お)きられる	被動形
		させる	起(お)きさせる	使役形
		——	起(お)き	ます形
		る	起(お)きる	辭書形
		るな	起(お)きるな	禁止形
		られる	起(お)きられる	能力形
		れば	起(お)きれば	假定形
		ろ	起(お)きろ	命令形
		よう	起(お)きよう	意向形
		て	起(お)きて	て形
		た	起(お)きた	た形

II 類動詞的動詞變化沒有音變，只要在「ます形」後加上「る」就成為「辭書形」；加上「ない」就成為「ない形」；加上「て」就成為「て形」；加上「た」就成為「た形」；加上「させる」就成為「使役形」；加上「れば」就成為「假定形」；加上「ろ」就成為「命令形」；

加上「よう」就成為「意向形」；加上「られる」就成為「被動形」或是「能力形」。也就是II類動詞的動詞變化中，「被動形」及「能力形」是以同一形態呈現。此外，在辭書形後加上「な」就成為「禁止形」。

III類動詞

	動詞變化	名稱
来(き)ます	来(こ)ない	ない形
	来(こ)られる	被動形
	来(こ)させる	使役形
	来(き)	ます形
	来(く)る	辭書形
	来(く)るな	禁止形
	来(こ)られる	能力形
	来(く)れば	假定形
	来(こ)い	命令形
	来(こ)よう	意向形
	来(き)て	て形
	来(き)た	た形

	動詞變化	名稱
します	しない	ない形
	される	被動形
	させる	使役形
	し	ます形
	する	辭書形
	するな	禁止形
	できる	能力形
	すれば	假定形
	しろ	命令形
	しよう	意向形
	して	て形
	した	た形

Ⅲ類動詞較不規則，不過只有「来ます」、「します」兩個字，請個別記住。尤其要注意「来ます」各種變化時漢字讀音的差異。此外，和Ⅱ類動詞一樣「来ます」的「被動形」和「能力形」相同，都是「来られる」，請小心。

Part 2

日語動詞，
讀這些就夠了！

あ行

MP3 01

相次ぐ（あいつぐ） 1 自五

相繼、一個接著一個 ★☆☆☆

事故（じこ）が相次（あいつ）いだ。　事故接二連三。

合う（あう） 1 自五

適合、一致、配合 ★★★☆

彼（かれ）とは話（はなし）がよく合（あ）う。　和他很談得來。

会う（あう） 1 自五

見面、遇見 ★★★★

友達（ともだち）に会（あ）う。　和朋友見面。

明かす（あかす） 0 2 他五

說出、揭露 ★☆☆☆

秘密を明（あ）かす。　說出祕密。

赤らむ（あからむ） 3 自五

變紅、帶紅色 ★☆☆☆

顔（かお）が赤（あか）らむ。　臉紅。

上(あ)がる 0 自五 ➲ 上(あ)げる

提高、上漲、升起 ★★★☆

3階(さんがい)に上(あ)がる。 上三樓。

呆(あき)れる 0 自一

吃驚、愣住、受夠了 ★☆☆☆

今時(いまどき)の若者(わかもの)には呆(あき)れる。 受夠了時下的年輕人。

開(あ)く 0 自五 ➲ 開(あ)ける / 開(ひら)く

開 ★★★★

窓(まど)が開(あ)いた。 窗戶開了。

空(あ)く 0 自五 ➲ 空(す)く

閒、空 ★★★☆

部屋(へや)が空(あ)いている。 房間空著。

開(あ)ける 0 他一 ➲ 開(あ)く / 開(ひら)く

打開 ★★★★

窓(まど)を開(あ)ける。 把窗戶打開。

MP3 01

上（あ）げる 0 他一 ➲ 上（あ）がる

給、舉、抬、升、增加、提高 ★★★★

荷物（にもつ）を棚（たな）に上（あ）げる。 把行李放到架子上。

欺（あざむ）く 3 他五

欺騙、蒙蔽、勝過 ★

彼（かれ）は彼女（かのじょ）を欺（あざむ）いた。 他欺騙了女朋友（她）。

嘲笑（あざわら）う 4 他五

嘲笑、冷笑 ★

鈴木（すずき）さんは鼻先（はなさき）で嘲笑（あざわら）った。 鈴木先生「哼」地冷笑了一聲。

味（あじ）わう 3 0 他五

品嚐、體驗、欣賞、玩味 ★★

戦争（せんそう）の苦（くる）しみを味（あじ）わったことがない。 未曾嚐過戰爭的苦。

預（あず）かる 3 他五 ➲ 預（あず）ける

保管、收存、擔任、承擔 ★★

医者（いしゃ）は患者（かんじゃ）の命（いのち）を預（あず）かる。 醫生承擔病患的性命。

預(あず)ける 3 他一 ➲ 預(あず)かる

寄放 ★★

保育園(ほいくえん)に子供(こども)を預(あず)ける。 將小孩寄放在托兒所。

焦(あせ)る 2 他五

急躁、著急 ★☆☆☆

成功(せいこう)を焦(あせ)る。 急於成功。

遊(あそ)ぶ 0 自五

玩、遊覽、消遣、閒置 ★★★★

公園(こうえん)で遊(あそ)ぶ。 在公園裡玩。

与(あた)える 0 他一

給予、提供、分配 ★★☆☆

子供(こども)におもちゃを与(あた)える。 給小孩玩具。

当(あ)たる 0 自五

日曬、擔任、擊中、猜對、位於 ★★☆☆

石(いし)が頭(あたま)に当(あ)たる。 石頭打中頭。

MP3 01

あつ
集まる 3 自五 ➲ 集める

聚集、集中 ★★★☆

学生が集まった。　學生到齊了。

あつ
集める 3 他一 ➲ 集まる

收集、招集 ★★★☆

切手を集める。　集郵。

あ
宛てる 0 自一

給 ★☆☆☆

父に宛てて手紙を書く。　寫信給父親。

あば
暴れる 0 自一

胡鬧、大肆活動 ★★☆☆

子供が暴れる。　小孩大鬧。

あ
浴びる 0 他一

淋、曬、遭受 ★★★★

シャワーを浴びる。　沖澡、淋浴。

甘える（あまえる） 0 自一

撒嬌 ★★☆☆

子供（こども）が母親（ははおや）に甘（あま）える。 小孩跟母親撒嬌。

編む（あむ） 1 他五

編織、編輯、定計劃 ★★☆☆

セーターを編（あ）む。 織毛衣。

操る（あやつる） 3 他五

掌握、操縱 ★☆☆☆

船長（せんちょう）は船（ふね）を上手（じょうず）に操（あやつ）る。 船長高明地駕著船。

危ぶむ（あやぶむ） 3 他五

擔心、危及 ★☆☆☆

わが社（しゃ）の存続（そんぞく）を危（あや）ぶむ。 危及到我們公司的存亡。

謝る（あやまる） 3 他五

道歉、認輸、謝絕 ★★★☆

先生（せんせい）に謝（あやま）った。 向老師道歉。

MP3 01

歩（あゆ）む 2 自五
走、前進、進展 ★☆☆☆

自分（じぶん）が選（えら）んだ道（みち）を<u>歩（あゆ）む</u>。　走自己選擇的路。

洗（あら）う 0 他五
洗 ★★★★

顔（かお）を<u>洗（あら）う</u>。　洗臉。

荒（あ）らす 0 他五 ➲ 荒（あ）れる
使荒廢、騷擾、糟蹋 ★☆☆☆

戦争（せんそう）が村（むら）を<u>荒（あ）らす</u>。　戰爭使村子荒廢了。

争（あらそ）う 3 他五
爭奪、競爭、爭辯 ★★☆☆

つまらない事（こと）で<u>争（あらそ）う</u>な。　不要為了無聊的事爭吵。

改（あらた）まる 4 自五 ➲ 改（あらた）める
改變、鄭重其事 ★☆☆☆

ルールが<u>改（あらた）まった</u>。　規矩改了。

改(あらた)める [4] 他一 ➲ 改(あらた)まる

更正、修訂、鄭重　★★☆☆

校長先生(こうちょうせんせい)が規則(きそく)を<u>改(あらた)めた</u>。　校長改變規則。

現(あらわ)す [3] 他五 ➲ 現(あらわ)れる

出現　★★☆☆

効果(こうか)を<u>現(あらわ)した</u>。　出現了效果。

表(あらわ)す [3] 他五

表示　★★☆☆

心(こころ)から感謝(かんしゃ)の意(い)を<u>表(あらわ)す</u>。　由衷表示謝意。

現(あらわ)れる [4] 自一 ➲ 現(あらわ)す

顯出、暴露　★★☆☆

効果(こうか)が<u>現(あらわ)れる</u>。　效果顯現。

ありふれる [0] [4] 自一

常有的、司空見慣　★☆☆☆

<u>ありふれた</u>ゲームで面白(おもしろ)くない。　常見的遊戲沒什麼有趣的。

MP3 02

ある 1 自五

有、在、舉行 ★★★★

教室(きょうしつ)に机(つくえ)があ る。 教室裡有桌子。

歩(ある)く 2 自五

走、步行 ★★★★

駅(えき)まで歩(ある)く。 走到車站。

荒(あ)れる 0 自一 ➲ 荒(あ)らす

狂暴、洶湧、激烈、失序、荒廢 ★★☆☆

天気(てんき)が荒(あ)れる。 天氣變壞。

案(あん)じる 0 3 他一

擔心、籌劃 ★☆☆☆

成功(せいこう)するかどうか案(あん)じる。 擔心成不成功。

言(い)う 0 自他五

說、講 ★★★★

彼女(かのじょ)は嘘(うそ)ばかり言(い)う。 她光說謊。

▶ **活**(い)**かす** [2] 他五 ➲ 生(い)きる

留活命、有效地利用 ★☆☆☆

お金(かね)を活(い)かして使(つか)う。　活用金錢。

▶ **意気込**(いきご)**む** [3] 自五

鼓足幹勁、強有力地 ★☆☆☆

意気込(いきご)んで答(こた)える。　志得意滿地回答。

▶ **生**(い)**きる** [2] 自一 ➲ 活(い)かす

活著、謀生、栩栩如生 ★★★☆

あの人(ひと)はまだ生(い)きている。　那個人還活著。

▶ **行**(い)**く** [0] 自五

去、進行 ★★★★

会社(かいしゃ)へ行(い)く。　去公司。

▶ **苛**(いじ)**める** [0] 他一

欺負、虐待 ★★★☆

動物(どうぶつ)を苛(いじ)めるな。　別虐待動物。

MP3 02

弄る（いじる） 2 他五

玩弄、賞玩、任意改變 ★☆☆☆

指先（ゆびさき）で髪（かみ）を弄る（いじる）。 用指尖撥弄頭髮。

急ぐ（いそぐ） 2 自他五

急、加快 ★★★☆

駅（えき）へ急ぐ（いそぐ）。 趕往車站。

抱く（いだく） 2 他五

抱、懷有、懷抱 ★★☆☆

理想（りそう）を抱いて（いだいて）大学（だいがく）に入る（はいる）。 抱持理想進入大學。

痛む（いたむ） 2 自五

痛、悲傷 ★★☆☆

傷（きず）が痛む（いたむ）。 傷口痛。

炒める（いためる） 3 他一

炒 ★☆☆☆

野菜（やさい）を炒める（いためる）。 炒青菜。

労る（いたわる） 3 他五

體恤、愛護、慰勞 ★☆☆☆

選手（せんしゅ）を労る（いたわる）。 體恤選手。

営む（いとなむ） 3 他五

經營、辦、做 ★☆☆☆

生活（せいかつ）を営む（いとなむ）。 過活。

挑む（いどむ） 2 自他五

征服、挑戰、挑逗 ★☆☆☆

世界記録（せかいきろく）に挑む（いどむ）。 挑戰世界紀錄。

祈る（いのる） 2 他五

祈禱、祝福 ★★★☆

成功（せいこう）を祈る（いのる）。 祈求成功。

要る（いる） 0 自五

需要 ★★★★

お金（かね）が要る（いる）。 需要錢。

MP3 03

いる 0 自一

在、有 ★★★★

学生(がくせい)は教室(きょうしつ)に<u>いる</u>。　學生在教室裡。

入(い)れる 0 他一 ➲ 入(はい)る

放進、裝入、連～在內 ★★★★

ポケットに財布(さいふ)を<u>入(い)れる</u>。　把錢包放進口袋裡。

祝(いわ)う 2 他五

祝賀、慶祝 ★★☆☆

成功(せいこう)を<u>祝(いわ)って</u>乾杯(かんぱい)する。　慶祝成功，乾杯。

植(う)える 0 他一

種植、嵌入、灌輸 ★★★☆

木(き)を<u>植(う)える</u>。　種樹。

浮(う)かぶ 0 自五 ➲ 浮(う)く

漂浮、呈現、想起 ★★☆☆

雲(くも)が空(そら)に<u>浮(う)かんで</u>いる。　雲在空中飄著。

受(う)かる 2 自五 ➲ 受(う)ける

考上 ★☆☆☆

大学(だいがく)に受(う)かる。 考上大學。

浮(う)く 0 自五 ➲ 浮(う)かぶ

浮、浮現、不牢固 ★★☆☆

水(みず)に油(あぶら)が浮(う)いている。 油浮在水上。

承(うけたまわ)る 5 他五

聽取、接受、知道 ★★☆☆

お客様(きゃくさま)から注文(ちゅうもん)を承(うけたまわ)る。 接受客人的訂單。

受(う)け継(つ)ぐ 0 3 他五

繼承、接替 ★☆☆☆

遺産(いさん)を受(う)け継(つ)ぐ。 繼承遺產。

受(う)ける 2 他一 ➲ 受(う)かる

接受、承受、同意 ★★★☆

手術(しゅじゅつ)を受(う)ける。 接受手術。

MP3 03

動く（うごく） [2] 自五

動、移動、變動、活動、運轉 ★★★☆

地震（じしん）で机（つくえ）が動（うご）いた。　因地震，桌子搖晃。

失う（うしなう） [0] 他五

失去、錯過、喪失、迷失 ★★☆☆

火事（かじ）で家（いえ）を失（うしな）った。　因火災而失去了房子。

歌う（うたう） [0] 他五

歌唱、吟詠 ★★★★

歌（うた）を歌（うた）う。　唱歌。

疑う（うたがう） [0] 他五

懷疑、疑惑 ★★☆☆

疑（うたが）う余地（よち）がない。　沒有懷疑的餘地。

打ち明ける（うちあける） [0] [4] 他一

說出實話、說出心裡話 ★☆☆☆

秘密を打（う）ち明（あ）ける。　把祕密全都說出。

打(う)ち込(こ)む 0 3 自他五

打進、澆灌、熱衷 ★☆☆☆

仕事(しごと)に打(う)ち込(こ)む。 熱衷於工作。

打(う)つ 1 他五

打、敲、製造、感動 ★★★☆

タイプを打(う)つ。 打字。

移(うつ)す 2 他五 ➲ 移(うつ)る

搬遷、變動、傳染 ★★☆☆

机(つくえ)を窓際(まどぎわ)に移(うつ)す。 把桌子移到窗邊。

写(うつ)す 2 他五

抄、謄、描寫、拍照 ★★★☆

友達(ともだち)のレポートを写(うつ)す。 抄朋友的報告。

俯(うつむ)く 3 0 自五

低頭、往下垂著 ★☆☆☆

俯(うつむ)いて話(はな)す。 低頭說話。

移(うつ)る ② 自五 ➲ 移(うつ)す

遷移、變化、感染 ★★★☆

郊外(こうがい)に移(うつ)る。 搬到郊區。

促(うなが)す ③ 他五

催促、促進 ★☆☆☆

注意(ちゅうい)を促(うなが)した。 敦促注意。

埋(う)まる ⓪ 自五 ➲ 埋(う)める

埋上、填滿、彌補 ★☆☆☆

空席(くうせき)が埋(う)まった。 空位都滿了。

生(う)まれる/産(う)まれる ⓪ 自一 ➲ 生(う)む / 産(う)む

出生、產生 ★★★★

娘(むすめ)が生(う)まれた。 女兒出生了。

生(う)む / 産(う)む ⓪ 他五 ➲ 生(う)まれる / 産(う)まれる

生、產 ★☆☆☆

子供(こども)を産(う)む。 生小孩。

埋(う)める 0 他一 ➲ 埋(う)まる

埋、補充、佔滿 ★★☆☆

生(なま)ごみを庭(にわ)に埋(う)める。 把廚餘埋在院子裡。

敬(うやま)う 3 他五

尊敬 ★★☆☆

老人(ろうじん)を敬(うやま)う。 尊敬老人。

占(うらな)う 3 他五

占卜、算命、預言 ★★☆☆

将来(しょうらい)の運勢(うんせい)を占(うらな)う。 占卜將來的運勢。

売(う)り出(だ)す 3 他五

出售、開始出名 ★☆☆☆

チケットを１１時(じゅういちじ)から売(う)り出(だ)す。 十一點開始賣票。

売(う)る 0 他五

賣、出名、出賣 ★★★★

車(くるま)を売(う)る。 賣車。

潤（うるお）う 3 自五 ➲ 潤（うるお）す

滲潤、貼補、受益 ★☆☆☆

この雨（あめ）で植物（しょくぶつ）が潤（うるお）うだろう。　因為這場雨，植物應該滋潤了吧！

潤（うるお）す 3 他五 ➲ 潤（うるお）う

弄濕、施惠 ★☆☆☆

お茶（ちゃ）で喉（のど）を潤（うるお）す。　用茶潤喉。

上回（うわまわ）る 4 自五

超過、超出 ★☆☆☆

点数（てんすう）は前（まえ）のものを上回（うわまわ）る。　分數比上次的還高。

描（えが）く 2 他五

畫、描寫 ★☆☆☆

感情（かんじょう）を描（えが）いた。　描寫了感情。

選（えら）ぶ 2 他五

挑選、選擇 ★★★☆

よい品（しな）を選（えら）ぶ。　選擇好東西。

MP3 05

得る（える） 1 他一

得到、領會 ★★☆☆

情報（じょうほう）を得る（える）。 獲得資訊。

演じる（えんじる） 0 3 他一

扮演、招致 ★☆☆☆

主役（しゅやく）を演じる（えんじる）。 飾演主角。

追い出す（おいだす） 3 他五

趕出、驅逐 ★☆☆☆

組織（そしき）から裏切り者（うらぎりもの）を追い出す（おいだす）。 把叛徒趕離組織。

老いる（おいる） 2 自一 ➲ 老ける（ふける）

年老、陳舊 ★☆☆☆

老いて（おいて）は子（こ）に従え（したがえ）。 年老隨子。

追う（おう） 0 他五

追求、遵循 ★★☆☆

理想（りそう）を追う（おう）。 追求理想。

MP3 05

負う（おう） 0 他五

背、擔負 ★☆☆☆

任務（にんむ）を負う。　背負任務。

終える（おえる） 0 他一 ➲ 終わる（おわる）

做完、完畢 ★★☆☆

仕事（しごと）を終えてから休憩（きゅうけい）しよう。　工作結束後，休息一下吧！

侵す（おかす） 2 0 他五

侵犯 ★☆☆☆

人権（じんけん）を侵す。　侵犯人權。

犯す（おかす） 2 0 他五

犯（罪）、褻瀆 ★☆☆☆

罪（つみ）を犯す。　犯罪。

拝む（おがむ） 2 他五

拜、懇求 ★★☆☆

手（て）を合（あ）わせて仏様（ほとけさま）を拝む。　雙手合十拜佛。

補う（おぎな） 3 他五

補充 ★★☆☆

長所（ちょうしょ）を取（と）り入（い）れて短所（たんしょ）を補う（おぎな）。 截長補短。

置く（お） 0 他五

放置、留存、設置、雇用、除外 ★★☆☆

写真（しゃしん）を机（つくえ）に置く（お）。 把照片放桌上。

起きる（お） 2 自一 ➲ 起こす（お）

起床、發生 ★★★★

6時（ろくじ）に起きる（お）。 六點起床。

遅らす（おく） 0 他五 ➲ 遅らせる（おく）／遅れる（おく）

延遲 ★☆☆☆

時計（とけい）の針（はり）を1時間（いちじかんおく）遅らす。 把鐘錶指針撥慢一個小時。

遅らせる（おく） 0 他一 ➲ 遅らす（おく）／遅れる（おく）

延遲、拖延 ★☆☆☆

テストを2時間（にじかん）遅らせる（おく）。 將考試延後二小時。

MP3 05

送(おく)る 0 他五

送、寄、傳遞 ★★★☆

友達(ともだち)を駅(えき)まで送(おく)る。　送朋友到車站。

贈(おく)る 0 他五

贈送、致以 ★★☆☆

卒業祝(そつぎょういわ)いを贈(おく)る。　送畢業賀禮。

遅(おく)れる 0 自一 ➲ 遅(おく)らす/ 遅(おく)らせる

耽誤、遲、落後 ★★★☆

学校(がっこう)に遅(おく)れる。　上學遲到。

起(お)こす 2 他五 ➲ 起(お)きる

喚醒、引起 ★★★☆

6時(ろくじ)に妹(いもうと)を起(お)こす。　六點叫妹妹起床。

行(おこな)う 0 他五

舉行、進行 ★★★☆

パーティーを行(おこな)う。　舉行宴會。

▶ **怒る（おこる）** 2 自五
生氣、責備 ★★★☆
真っ赤になって怒る。 氣得臉紅脖子粗。

▶ **奢る（おごる）** 0 自五
奢侈、請客 ★☆☆☆
奢った生活をする。 過奢侈的生活。

▶ **収まる（おさまる）** 3 自五 ➲ 収める
裝進、心滿意足、平靜 ★☆☆☆
香水がバッグの中に収まった。 香水收進了包包裡。

▶ **治める（おさめる）** 3 他一
平定、治理 ★★☆☆
国を治める。 治國。

▶ **収める（おさめる）** 3 他一 ➲ 収まる
收藏、收取 ★★☆☆
利益を収める。 獲得利益。

MP3 05

納める（おさめる） 3 他一

繳納 ★★☆☆

税金（ぜいきん）を納める（おさめる）。　納稅。

教える（おしえる） 0 他一 ➲ 教わる（おそわる）

教授、告知、教誨 ★★★★

学生（がくせい）に英語（えいご）を教える（おしえる）。　教學生英文。

押す（おす） 0 他五

推、按 ★★★★

車（くるま）を押す（おす）。　推車子。

襲う（おそう） 0 2 他五

襲擊、突然到來、繼承 ★☆☆☆

台風（たいふう）が台南（たいなん）を襲った（おそった）。　颱風襲擊了台南。

恐れる（おそれる） 3 他一

害怕、擔心 ★★☆☆

人（ひと）はみな死（し）を恐れる（おそれる）。　人都恐懼死亡。

脅(おど)かす 0 3 他五 ➲ 脅(おど)す／脅(おびや)かす

威脅、恐嚇 ★☆☆☆

ナイフで人(ひと)を脅(おど)かす。 用刀子威脅人。

教(おそ)わる 0 他五 ➲ 教(おし)える

受教、跟～學習 ★★☆☆

先生(せんせい)に日本語(にほんご)を教(おそ)わる。 跟老師學日文。

煽(おだ)てる 0 他一

奉承、煽動 ★☆☆☆

客(きゃく)を煽(おだ)てる。 奉承客人。

落(お)ちる 2 自一 ➲ 落(お)とす

落下、脫落、落選 ★★★☆

りんごが落(お)ちた。 蘋果掉了下來。

落(お)とす 2 他五 ➲ 落(お)ちる

扔下、使落下、降低、弄丟 ★★★☆

りんごを落(お)とす。 打落蘋果。

脅す（おどす） 0 2 他五 ➲ 脅かす（おどかす）/ 脅かす（おびやかす）

威脅、恐嚇 ★☆☆☆

脅して金を取った。（脅して＝おどして、金＝かね、取った＝とった） 威脅要到錢。

訪れる（おとずれる） 4 他一 ➲ 訪ねる（たずねる）

拜訪、音信 ★☆☆☆

友達を訪れる。（友達＝ともだち、訪れる＝おとずれる） 拜訪朋友。

劣る（おとる） 0 2 自五

劣、不及 ★☆☆☆

体力が劣る。（体力＝たいりょく、劣る＝おとる） 體力差。

踊る（おどる） 0 自他五

跳舞、跳躍、搖晃 ★★★☆

バレエを踊る。（踊る＝おどる） 跳芭蕾。

衰える（おとろえる） 4 3 自一

衰落、減退 ★☆☆☆

記憶力が衰える。（記憶力＝きおくりょく、衰える＝おとろえる） 記憶力衰退。

驚く(おどろく) 3 自五

吃驚、驚嘆、出乎意料 ★★★☆

弟(おとうと)は驚(おどろ)いた。　弟弟嚇了一跳。

脅かす(おびやかす) 4 他五 ➲ 脅す(おどす)/脅かす(おどかす)

恐嚇、威脅 ★☆☆☆

公害(こうがい)が人民(じんみん)の健康(けんこう)を脅(おびや)かす。　公害威脅人民的健康。

帯びる(おびる) 2 0 他一

佩帶、帶有、擔當 ★☆☆☆

使命(しめい)を帯(お)びる。　負有使命。

覚える(おぼえる) 3 他一

感覺、學會、記住 ★★☆☆

日本語(にほんご)の単語(たんご)を覚(おぼ)える。　記住日文單字。

思い出す(おもいだす) 4 0 他五

想起來、聯想 ★★★☆

学生時代(がくせいじだい)を思(おも)い出(だ)す。　想起學生時代。

MP3 05

思う（おもう） 2 他五

想、以為、覺得、懷念 ★★★☆

これでいいと<u>思う</u>（おもう）。　我覺得這樣就好。

赴く（おもむく） 3 自五

赴、趨向 ★☆☆☆

大阪（おおさか）に<u>赴く</u>（おもむく）。　前往大阪。

重んじる（おもんじる） 4 0 他一

注重、敬重 ★☆☆☆

礼儀（れいぎ）を<u>重んじる</u>（おもんじる）。　重視禮節。

泳ぐ（およぐ） 2 自五

游泳、穿行、鑽營 ★★★★

魚（さかな）が池（いけ）で<u>泳いで</u>（およいで）いる。　魚在池子裡游著。

及ぶ（およぶ） 0 2 自五

及於、達到 ★☆☆☆

交渉（こうしょう）は3時間（さんじかん）に<u>及んだ</u>（およんだ）。　交涉已達三小時。

降(お)りる 2 自他一

下來、下台 ★★★★

電車(でんしゃ)を降(お)りる。　下電車。

織(お)る 1 他五

織、編 ★☆☆☆

布(ぬの)を織(お)る。　織布。

折(お)る 1 他五 ➲ 折(お)れる

折、彎、弄斷 ★★☆☆

千羽鶴(せんばづる)を折(お)る。　摺千隻紙鶴。

折(お)れる 2 自一 ➲ 折(お)る

斷掉、轉彎、讓步 ★★★☆

木(き)の枝(えだ)が折(お)れた。　樹枝斷了。

終(お)わる 0 自他五 ➲ 終(お)える

終了、結束 ★★★★

今日(きょう)の仕事(しごと)が終(お)わった。　今天的工作結束了。

か行

MP3 06

買（か）う 0 他五

買、遭致、主動承擔　★★★★

辞書（じしょ）を買（か）う。　買字典。

返（かえ）す 1 他五

歸還、回答、翻面　★★★★

本（ほん）を返（かえ）す。　還書。

顧（かえり）みる 4 他一

回頭、回顧、回憶　★☆☆☆

人生（じんせい）を顧（かえり）みる。　回顧人生。

省（かえり）みる 4 他一

反省、自省　★☆☆☆

結果（けっか）を省（かえり）みる。　反省結果。

替（か）える 0 他一

換、代替　★★☆☆

タイヤを替（か）える。　換輪胎。

MP3 06

変(か)える 0 他一 ➲ 変(か)わる

改變、更動 ★★★☆

考(かんが)えを変(か)える。 改變想法。

掲(かか)げる 0 他一

懸掛、刊登 ★☆☆☆

看板(かんばん)を掲(かか)げる。 懸掛看板。

かかる 2 自五 ➲ かける

花費、掛著、鎖上 ★★★★

学校(がっこう)まで1時間(いちじかん)かかる。 到學校要花一個小時。

かき回(まわ)す 0 他五

攪拌、弄亂、搗亂 ★☆☆☆

スープをかき回(まわ)す。 攪拌湯。

書(か)く 1 他五

寫、寫作 ★★★★

手紙(てがみ)を書(か)く。 寫信。

MP3 06

欠(か)く 0 他五 ➲ 欠(か)ける

缺少、損壞 ★☆☆☆

注意(ちゅうい)を欠(か)いたために、失敗(しっぱい)した。　因為不小心而失敗了。

かける 2 他一 ➲ かかる

打（電話）、發動（引擎） ★★★★

電話(でんわ)をかける。　打電話。

掛(か)ける 2 他一

掛上、架上 ★★★☆

壁(かべ)に掛(か)ける。　掛在牆上。

駆(か)ける 2 自一

快跑、騎著馬（跑） ★☆☆☆

馬(うま)で草原(そうげん)を駆(か)ける。　騎馬奔馳在草原上。

欠(か)ける 0 自一 ➲ 欠(か)く

出現缺口、缺少 ★★☆☆

月(つき)が欠(か)ける。　月缺。

賭（か）ける 2 他一

賭錢、賭博、拚上 ★☆☆☆

命（いのち）を賭（か）ける。　賭上性命。

囲（かこ）む 0 他五

包圍、圈起 ★★☆☆

正（ただ）しい答（こた）えを〇（まる）で囲（かこ）む。　把正確答案用〇圈起來。

嵩（かさ）む 0 2 自五

增大、增多 ★☆☆☆

送料（そうりょう）が嵩（かさ）む。　運費增加。

飾（かざ）る 0 他五

裝飾、（使）增光 ★★★☆

花（はな）でテーブルを飾（かざ）る。　用花裝飾桌子。

貸（か）す 0 他五 ➲ 借（か）りる

借出、出租、幫助別人 ★★★★

太郎（たろう）にお金（かね）を貸（か）す。　借錢給太郎。

MP3 06

霞む（かすむ） 0 自五

朦朧、不顯眼 ★☆☆☆

月（つき）が霞む（かすむ）。 月色朦朧。

掠る（かする） 2 0 他五

掠過、擦過 ★☆☆☆

風（かぜ）が頬（ほお）を掠る（かする）。 風吹拂臉頰。

数える（かぞえる） 3 他一

數、計算、列舉 ★★☆☆

お金（かね）を数える（かぞえる）。 數錢。

片付ける（かたづける） 4 他一

收拾、整頓、解決 ★★★☆

部屋（へや）を片付ける（かたづける）。 整理房間。

傾く（かたむく） 3 自五 ➲ 傾ける（かたむける）

歪、傾斜、傾向、趨勢 ★★☆☆

船（ふね）が２０度（にじゅうど）に傾く（かたむく）。 船身傾斜二十度。

MP3 06

傾(かたむ)ける 4 他一 ➲ 傾(かたむ)く

使～傾斜、傾注 ★☆☆☆

耳(みみ)を傾(かたむ)ける。　傾聽。

固(かた)める 0 他一

鞏固、加強、集中到一處 ★☆☆☆

決意(けつい)を固(かた)める。　加強決心。

語(かた)る 0 他五

說、談 ★★☆☆

事情(じじょう)を語(かた)る。　說明情況。

勝(か)つ 1 自五

戰勝、顯眼、突出 ★★★☆

相手(あいて)に勝(か)つ。　贏對手。

叶(かな)う 2 自五

（希望）實現、達到 ★☆☆☆

ついに夢(ゆめ)が叶(かな)った。　夢想終於實現。

かな
▶ 悲しむ 3 他五

悲痛、感到悲傷　★★☆☆

せんせい　し　かな
先生の死を<u>悲しむ</u>。　難過老師的死。

かば
▶ 庇う 2 他五

保護、庇護　★☆☆☆

よわ　もの　かば
弱い者を<u>庇う</u>。　保護弱者。

かま
▶ 構える 3 他一

修築、成立、擺出姿勢、準備　★☆☆☆

うち　かま
家を<u>構える</u>。　蓋房子。

か
▶ 噛む 1 他五

咬、嚼、咬合　★★★☆

はん　か　た
ご飯をよく<u>噛んで</u>食べる。　細嚼慢嚥。

かよ
▶ 通う 0 自五

來往、經常往返、相通　★★★☆

じてんしゃ　がっこう　かよ
自転車で学校に<u>通う</u>。　騎自行車上下學。

MP3 06

絡む（からむ） 2 自五

纏繞、糾纏 ★☆☆☆

糸（いと）が絡（から）んで解（と）けない。　繩子纏住，解不開。

借りる（かりる） 0 他一 ➲ 貸す（かす）

借、租、借助 ★★★★

友達（ともだち）にお金（かね）を借（か）りる。　跟朋友借錢。

枯れる（かれる） 0 自一

枯萎、枯乾 ★★☆☆

花（はな）が枯（か）れた。　花枯萎了。

乾く（かわく） 2 自五

乾 ★★★☆

洗濯物（せんたくもの）が乾（かわ）いた。　洗的衣物乾了。

交わす（かわす） 0 他五

交換、交叉 ★☆☆☆

あいさつを交（か）わす。　互打招呼。

MP3 07

変わる（か） 0 自五 ➲ 変える（か）

變化、區別、不同 ★★★☆

住所（じゅうしょ）が変わった（か）。 住址變了。

考える（かんが） 4 3 他一

想、思索、預料 ★★★☆

将来（しょうらい）を考える（かんが）。 考慮將來。

頑張る（がんば） 3 自五

堅持、努力、加油 ★★★☆

頑張って（がんば）ください。 請加油！

消える（き） 0 自一 ➲ 消す（け）

消失、融化、熄滅 ★★★★

火（ひ）が消えた（き）。 火熄了。

着飾る（きかざ） 3 自五

打扮、盛裝 ★☆☆☆

着飾って（きかざ）パーティーに行く（い）。 盛裝赴宴。

聞(き)く / 聴(き)く ⓪ 他五 ➲ 聞(き)こえる / 聴(き)こえる

聽、問 ★★★★

音楽(おんがく)を聞(き)く。　聽音樂。

利(き)く ⓪ 自五

有效、起作用 ★★☆☆

ブレーキが利(き)かないと危険(きけん)だ。　煞車不靈的話會很危險。

聞(き)こえる / 聴(き)こえる ⓪ 自一 ➲ 聞(き)く / 聴(き)く

聽得見、聞名 ★★★☆

電車(でんしゃ)の音(おと)が聞(き)こえる。　聽得見電車聲。

刻(きざ)む ⓪ 他五

剁碎、雕刻、銘記 ★★☆☆

玉葱(たまねぎ)を細(こま)かく刻(きざ)む。　把洋蔥剁碎。

軋(きし)む ② 自五

嘎嘎作響 ★☆☆☆

床(ゆか)が軋(きし)む。　地板嘎嘎作響。

築く（きずく） 2 他五

修築、創立 ★☆☆☆

事業（じぎょう）の基盤（きばん）を築く（きずく）。 打下事業的基礎。

傷つく（きずつく） 3 自五

受傷、損害 ★☆☆☆

彼女（かのじょ）の心（こころ）は傷つき（きずつき）やすい。 她的心很容易受傷。

鍛える（きたえる） 3 他一

鍛造、鍛鍊 ★☆☆☆

体（からだ）を鍛える（きたえる）。 鍛鍊體力。

来る（きたる） 2 自五 ➲ 来る（くる）

來、到來 ★☆☆☆

幸福（こうふく）来る（きたる）。 幸福來臨。

決まる（きまる） 0 自五 ➲ 決める（きめる）

規定、確定、必然 ★★★☆

結婚（けっこん）が決まった（きまった）。 婚事已定。

決(き)める 0 他一 ➲ 決(き)まる

確定、規定、決心 ★★★☆

順番(じゅんばん)を決(き)める。 確定順序。

興(きょう)じる 0 3 自一

有興趣、愛好、高興 ★☆☆☆

カラオケに興(きょう)じる。 對卡拉OK有興趣。

切(き)り替(か)える 4 3 0 他一

轉換、切換、兌換 ★☆☆☆

考(かんが)え方(かた)を切(き)り替(か)える。 換個角度想。

着(き)る 0 他一

穿、承受 ★★★★

コートを着(き)る。 穿外套。

切(き)る 1 他五

切、割、裁、衝破 ★★★★

はさみで紙(かみ)を切(き)る。 用剪刀裁紙。

禁じる（きん）0 3 他一

禁止 ★☆☆☆

販売（はんばい）を禁（きん）じる。 禁止販賣。

食い違う（く・ちが）0 4 自五

不一致、有分歧 ★☆☆☆

待（ま）ち合（あ）わせの場所（ばしょ）が食（く）い違（ちが）った。 弄錯約定的地點。

潜る（くぐ）2 他五

從下面穿過、鑽、潛入、鑽漏洞 ★☆☆☆

草（くさ）むらを潜（くぐ）る。 鑽入草叢。

崩れる（くず）3 自一

崩塌、失去原形 ★☆☆☆

山（やま）が崩（くず）れる。 山崩。

口ずさむ（くち）4 他五

哼、低聲唱 ★☆☆☆

歌（うた）を口（くち）ずさみながら、仕事（しごと）をする。 一邊哼著歌、一邊工作。

朽(く)ちる 2 自一
腐爛、腐朽、衰落 ★☆☆☆

落(お)ち葉(ば)が朽(く)ちる。　落葉腐爛。

覆(くつがえ)す 3 4 他五
弄翻、推翻、打倒 ★☆☆☆

波(なみ)が船(ふね)を覆(くつがえ)した。　浪打翻了船。

組(く)み込(こ)む 3 0 他五
編入、排入 ★☆☆☆

国際会議(こくさいかいぎ)の経費(けいひ)を予算(よさん)に組(く)み込(こ)む。　把國際會議的經費編入預算中。

組(く)む 1 自他五
把～交叉、組成 ★★☆☆

足(あし)を組(く)んで座(すわ)る。　盤腿而坐。

曇(くも)る 2 自五
陰、模糊、朦朧 ★★★★

午後(ごご)から曇(くも)ってきた。　從下午開始轉陰了。

暮(く)らす 0 自五 ➲ 暮(く)れる

過日子、打發時間 ★★☆☆

父(ちち)は田舎(いなか)で暮(く)らしている。 父親在鄉下生活。

比(くら)べる 0 他一

比較、較量 ★★☆☆

今年(ことし)は例年(れいねん)に比(くら)べて暑(あつ)い。 今年比往年熱。

繰(く)り返(かえ)す 3 0 他五

反覆 ★☆☆☆

注意(ちゅうい)を繰(く)り返(かえ)す。 反覆叮嚀。

来(く)る 1 自カ ➲ 来(きた)る

來、到來 ★★★★

電車(でんしゃ)が来(き)た。 電車來了。

暮(く)れる 0 自一 ➲ 暮(く)らす

天黑、年終 ★★☆☆

日(ひ)が暮(く)れる。 天黑。

MP3 09

加える（くわえる） 0 3 他一 ➲ 加わる（くわわる）

加、添、施加 ★★☆☆

水（みず）を加える（くわえる）。　加水。

加わる（くわわる） 0 3 自五 ➲ 加える（くわえる）

增加、參加 ★★☆☆

スピードが加わる（くわわる）。　速度增加。

消す（けす） 0 他五 ➲ 消える（きえる）

弄熄、關閉（電器）、擦掉 ★★★★

電気（でんき）を消す（けす）。　關燈。

蹴飛ばす（けとばす） 0 3 他五

用力踢、嚴加拒絕 ★☆☆☆

ボールを蹴飛ばす（けとばす）。　把球踢開。

貶す（けなす） 0 他五

貶低、毀謗 ★☆☆☆

彼（かれ）の小説（しょうせつ）を貶した（けなした）。　貶低了他的小說。

超(こ)える / 越(こ)える 0 自一 ➲ 超(こ)す / 越(こ)す

越過、超過、度過 ★★☆☆

気温(きおん)が３５度(さんじゅうごど)を超(こ)えた。 氣溫超過三十五度。

凍(こお)る 0 自五 ➲ 凍(こご)える

結冰、凍結 ★★☆☆

池(いけ)の水(みず)が凍(こお)った。 池水結冰。

凍(こご)える 0 自一 ➲ 凍(こお)る

凍僵 ★★☆☆

手足(てあし)が凍(こご)える。 手腳凍僵。

心掛(こころが)ける 5 他一

留心、留意 ★☆☆☆

健康(けんこう)に心掛(こころが)ける。 留意健康。

志(こころざ)す 4 他五

立志、志願 ★☆☆☆

彼女(かのじょ)は作家(さっか)を志(こころざ)している。 她立志要當作家。

試(こころ)みる 4 他一

嘗試 ★★☆☆

新(あたら)しい方法(ほうほう)を試(こころ)みる。　嘗試新方法。

拗(こじ)れる 3 自一

糾纏、纏繞、乖僻 ★☆☆☆

事(こと)が拗(こじ)れてきた。　事情複雜起來了。

越(こ)す 0 他五 ➲ 超(こ)す / 超(こ)える / 越(こ)える

越過、度過、搬家 ★★☆☆

国境(こっきょう)を越(こ)す。　越過國境。

超(こ)す 0 他五 ➲ 越(こ)す / 超(こ)える / 越(こ)える

超過、勝於 ★★☆☆

気温(きおん)が３０度(さんじゅうど)を超(こ)す。　氣溫超過三十度。

擦(こす)る 2 他五

擦、搓 ★☆☆☆

目(め)を擦(こす)る。　揉眼睛。

MP3 10

▶ 拘る（こだわ） 3 自五

拘泥 ★☆☆☆

細（こま）かいことに拘（こだわ）る。　拘泥於小事。

▶ 好む（この） 2 他五

愛好、追求 ★★☆☆

子供（こども）は甘（あま）いものを好（この）む。　小孩喜歡甜的東西。

▶ 困る（こま） 2 自五

沒辦法、窮困、不可以 ★★★★

人手（ひとで）が足（た）りず困（こま）っている。　人手不足，很困擾。

▶ 込む（こ） 1 自五 ➲ 込（こ）める

擁擠、精巧 ★★☆☆

電車（でんしゃ）はとても込（こ）んでいる。　電車非常擁擠。

▶ 込める（こ） 2 他一 ➲ 込（こ）む

裝填、集中（力量、精神）、包含在內 ★☆☆☆

感情（かんじょう）を込（こ）めて曲（きょく）を作（つく）る。　注入感情來作曲。

こもる 2 自五

（氣體）充滿、閉門不出、（感情）深厚 ★☆☆☆

部屋（へや）にこもって小説（しょうせつ）を書（か）く。 窩在房裡寫小說。

凝（こ）らす 2 他五 ➲ 凝（こ）る

集中、使～凝固、使～凝集 ★☆☆☆

息（いき）を凝（こ）らして聞（き）いている。 屏氣凝神地聽著。

懲（こ）りる 2 自一

汲取教訓 ★☆☆☆

失敗（しっぱい）して懲（こ）りた。 從失敗中汲取教訓。

凝（こ）る 1 自五 ➲ 凝（こ）らす

熱衷、講究、肌肉僵硬 ★☆☆☆

水泳（すいえい）に凝（こ）る。 熱衷游泳。

殺（ころ）す 0 他五

殺死、抑制、埋沒、消除 ★★☆☆

首（くび）を絞（し）めて殺（ころ）す。 勒死。

転ぶ（ころぶ） 0 他五

跌倒 ★★☆☆

足（あし）を滑（すべ）らせて<u>転（ころ）ぶ</u>。　滑了一跤跌倒了。

壊す（こわす） 2 他五 ➲ 壊（こわ）れる

弄壞、損害、破壞（約定、計畫） ★★☆☆

おもちゃを<u>壊（こわ）す</u>。　弄壞玩具。

壊れる（こわれる） 3 自一 ➲ 壊（こわ）す

壞掉、破裂、故障 ★★★☆

椅子（いす）が<u>壊（こわ）れた</u>。　椅子壞了。

さ行

學習紀錄 1 2 3 ○ ○ ○

MP3 11

▶ 遮る（さえぎる） 3 他五

遮蔽、打斷 ★☆☆☆

カーテンで日差し（ひざ）しを遮る（さえぎる）。 用窗簾遮住陽光。

▶ 囀る（さえずる） 3 自五

鳥鳴、喋喋不休 ★☆☆☆

小鳥（ことり）が囀る（さえずる）。 小鳥叫。

▶ 冴える（さえる） 2 自一

清晰、鮮明、靈敏、寒冷、有精神 

頭（あたま）が冴える（さえる）。 頭腦清晰。

▶ 栄える（さかえる） 3 自一

繁榮、興旺 ★☆☆☆

この町（まち）は以前（いぜん）とても栄え（さかえ）ていた。 這個城鎮以前非常繁榮。

▶ 探す（さがす）／捜す（さがす） 0 他五 ➲ 探る（さぐる）

尋找、尋求 ★★☆☆

どんなに探し（さがし）ても見（み）つからない。 怎麼找都找不到。

さ し す せ そ

MP3 11

逆(さか)らう [3] 自五

違反對方的意思、違反自然趨勢 ★★☆☆

子供(こども)は親(おや)に逆(さか)らうな！　孩子不要忤逆父母！

下(さ)がる [2] 自五 ➲ 下(さ)げる

下降、掛著、後退 ★★★☆

温度(おんど)が下(さ)がる。　溫度下降。

咲(さ)く [0] 自五

（花）開 ★★★★

桜(さくら)が咲(さ)いた。　櫻花開了。

探(さぐ)る [0] [2] 他五 ➲ 探(さが)す / 捜(さが)す

摸索、刺探、探訪 ★★☆☆

暗(くら)い廊下(ろうか)を探(さぐ)りながら歩(ある)く。　在黑暗的走廊摸索著前進。

叫(さけ)ぶ [2] 自五

呼喊、呼籲 ★★☆☆

大声(おおごえ)で叫(さけ)ぶ。　大叫。

裂(さ)ける [2] 自一

裂開、破裂 ★☆☆☆

木(き)の幹(みき)が裂(さ)けた。　樹幹裂開了。

下(さ)げる [2] 他一 ➲ 下(さ)がる

降下、懸掛、撤下、發給

頭(あたま)を下(さ)げる。　低頭。

支(ささ)える [0] [3] 他一

支撐、維持

病人(びょうにん)を支(ささ)える。　攙扶病人。

捧(ささ)げる [0] 他一

捧、舉、獻給

花(はな)を捧(ささ)げる。　獻花。

差(さ)し掛(か)かる [4] [0] 自五

到達、到來、籠罩

もうすぐ雨季(うき)に差(さ)し掛(か)かる。　雨季就要到來。

差し支える（さしつかえる） 0 5 自一

妨礙、影響 ★☆☆☆

仕事に差し支える。（しごとにさしつかえる） 影響工作。

指す（さす） 1 他五

指向、指示、伸手 ★★★★

時計の針が12時を指した。（とけいのはりがじゅうにじをさした） 鐘錶的指針指向十二點了。

差す（さす） 1 他五

舉、照射 ★★☆☆

傘を差す。（かさをさす） 撐傘。

刺す（さす） 1 他五

螫、刺 ★★☆☆

蚊に刺された。（かにさされた） 被蚊子叮了。

授ける（さずける） 3 他一

授與、傳授 ★☆☆☆

学位を授ける。（がくいをさずける） 授與學位。

定(さだ)まる 3 自五 ➲ 定(さだ)める

定下來、固定 ★☆☆☆

会社(かいしゃ)の方針(ほうしん)が定(さだ)まった。　公司的政策決定了。

定(さだ)める 3 他一 ➲ 定(さだ)まる

制定、奠定、平定 ★☆☆☆

心(こころ)を定(さだ)める。　打定主意。

悟(さと)る 0 2 他五

領悟、發覺、看透 ★☆☆☆

失敗(しっぱい)を悟(さと)る。　領悟失敗。

裁(さば)く 2 自五

裁判、評斷 ★☆☆☆

法律(ほうりつ)に従(したが)って裁(さば)く。　依法判決。

さぼる 2 自五

偷懶、怠工 ★☆☆☆

授業(じゅぎょう)をさぼる。　蹺課。

MP3 11

覚（さ）める 2 自一

醒、覺悟 ★★☆☆

6時（ろくじ）に目（め）が覚（さ）めた。 六點的時候醒了。

冷（さ）める 2 自一

變冷、（熱情）降低 ★★☆☆

料理（りょうり）が冷（さ）めた。 菜涼了。

さらう 0 他五

奪走、綁架、拿光 ★☆☆☆

中島（なかじま）さんの子供（こども）がさらわれた。 中島先生的小孩被捉走了。

去（さ）る 1 自他五 ➲ 立（た）ち去（さ）る

離開、消失、疏遠 ★★☆☆

職場（しょくば）を去（さ）る。 離職。

騒（さわ）ぐ 2 自五

吵鬧、騷動、不安寧、轟動一時 ★★★☆

子供（こども）が騒（さわ）いでいる。 小孩子在吵。

障（さわ）る 0 自五

妨害 ★☆☆☆

徹夜（てつや）は体（からだ）に障（さわ）る。 整晚不睡對身體不好。

触（さわ）る 0 自五

觸摸、接觸、參與 ★★★☆

手（て）で触（さわ）ってみる。 用手摸摸看。

仕上（しあ）げる 3 他一

完成、工作的收尾 ★☆☆☆

今日中（きょうじゅう）に仕事（しごと）を仕上（しあ）げなければならない。
今天之內不完成工作不行。

強（し）いる 2 他一

強迫、迫使 ★☆☆☆

酒（さけ）を強（し）いる。 強迫喝酒。

仕入（しい）れる 3 他一

採購、取得 ★☆☆☆

材料（ざいりょう）を仕入（しい）れる。 採購材料。

MP3 12

仕掛(しか)ける 3 他一

開始做、主動地做、挑釁、裝設 ★☆☆☆

宿題(しゅくだい)を仕掛(しか)けたら、友達(ともだち)が来(き)た。 才剛開始寫功課，朋友就來了。

叱(しか)る 0 2 他五

斥責、責備 ★★★☆

子供(こども)を叱(しか)る。 罵小孩。

仕切(しき)る 2 他五

隔開、結算 ★☆☆☆

部屋(へや)を二(ふた)つに仕切(しき)る。 將房間分成二部份。

しくじる 3 他五

搞砸、失敗、被解僱 ★☆☆☆

大事(だいじ)な仕事(しごと)をしくじった。 搞砸了重要的工作。

沈(しず)む 0 自五 ➲ 沈(しず)める

沉入、落魄、沉悶、苦惱 ★★☆☆

太陽(たいよう)が沈(しず)む。 太陽西沉。

沈（しず）める [0] 他一 ➲ 沈（しず）む

把～沉下 ★☆☆☆

体（からだ）を沈（しず）める。　低身。

慕（した）う [0] [2] 他五

追隨、懷念、景仰 ★☆☆☆

恋人（こいびと）を慕（した）ってロサンゼルスまで行（い）く。追隨戀人到洛杉磯去。

従（したが）う [0] [3] 自五

跟隨、依照、沿著 ★★☆☆

医者（いしゃ）の勧告（かんこく）に従（したが）ってタバコをやめた。　遵照醫生的勸告，戒了菸。

親（した）しむ [3] 自五

親近、親密、欣賞 ★☆☆☆

よく親（した）しんだ友（とも）が亡（な）くなった。　很親的朋友過世了。

仕付（しつ）ける [3] 他一

教養、管教 ★☆☆☆

子供（こども）を仕付（しつ）ける。　教養小孩。

MP3 12

▶ 萎びる ⓪③ 自一

乾癟、枯萎 ★☆☆☆

花が萎びた。 花枯萎了。

▶ 死ぬ ⓪ 自五 ➲ 亡くなる

死、停止、無用 ★★★★

病気で死んだ。 因病死亡。

▶ 閉まる ② 自五 ➲ 閉める

關閉、緊閉 ★★★★

ドアが閉まっている。 門關著。

▶ 染みる ⓪ 自一 ➲ 染まる

滲透、刺痛、染上 ★☆☆☆

雨が壁に染みた。 雨滲到牆壁。

▶ 示す ② 他五

呈現、指示、顯示 ★★☆☆

大人は子供に手本を示すべきだ。 大人應做孩子的模範。

閉（し）める 2 他一 ➲ 閉（し）まる

關上 ★★★★

窓（まど）を閉（し）める。　關窗。

湿（しめ）る 0 自五

潮濕 ★★☆☆

タバコが湿（しめ）った。　香菸受潮。

占（し）める 2 他一

佔有、佔領 

過半数（かはんすう）を占（し）めて当選（とうせん）した。　佔過半數當選了。

準（じゅん）じる 0 自一

按照、以～為標準、依～看待 ★☆☆☆

先例（せんれい）に準（じゅん）じて処置（しょち）する。　依先例處置。

知（し）らせる 0 他一

通知 ★★★☆

新（あたら）しい住所（じゅうしょ）を知（し）らせる。　通知新的地址。

MP3 13

調(しら)べる 3 他一

查找、研究、檢查、調整 ★★★☆

辞書(じしょ)で意味(いみ)を調(しら)べる。　用字典查意思。

知(し)る 0 他五

知道、察覺、認識、懂得、體驗 ★★★★

ニュースでその事件(じけん)を知(し)った。　從新聞知道了那個事件。

記(しる)す 0 他五

記錄 ★☆☆☆

感想(かんそう)を日記(にっき)に記(しる)す。　把感想記在日記上。

吸(す)う 0 他五

吸、吸入、吸收 ★★★★

タバコを吸(す)う。　抽菸。

据(す)える 0 他一

安放、擺、沈靜下來 ★☆☆☆

部屋(へや)に大型(おおがた)テレビを据(す)えた。　房間擺放了大型電視。

過ぎる（すぎる） 2 自一
經過、過去、過份、超過 ★★★☆

予定（よてい）の時間（じかん）が過（す）ぎた。　過了預定的時間。

空く（すく） 0 自五 ➲ 空く（あく）
（肚子）空、有空 ★★★☆

おなかが空（す）いた。　肚子餓了。

救う（すくう） 0 他五
拯救、救濟、解救 ★★☆☆

溺（おぼ）れている子供（こども）を救（すく）った。　救了溺水的小孩。

優れる（すぐれる） 3 自一
優秀、卓越 ★★☆☆

彼（かれ）は私（わたし）より優（すぐ）れている。　他比我優秀。

進む（すすむ） 0 自五 ➲ 進める（すすめる）
前進、進步、增強 ★★☆☆

研究（けんきゅう）が進（すす）まない。　研究沒有進展。

MP3 13

進(すす)める 0 他一 ➲ 進(すす)む

往前移、進行、提高、促進 ★★☆☆

話(はなし)を<u>進(すす)めましょう</u>。 繼續談下去吧！

廃(すた)れる 0 3 自一

成了廢物、過時、敗壞 ★☆☆☆

流行(りゅうこう)はすぐに<u>廃(すた)れる</u>。 流行馬上會過時。

捨(す)てる 0 他一

拋棄、扔掉、放棄 ★★★☆

ごみを<u>捨(す)てる</u>。 丟垃圾。

滑(すべ)る 2 自五

滑、滑溜、滑倒 ★★★☆

雨(あめ)で道(みち)が<u>滑(すべ)る</u>。 天雨路滑。

済(す)ます 2 他五 ➲ 済(す)む

做完、償清、將就 ★☆☆☆

仕事(しごと)を<u>済(す)ます</u>。 完成工作。

澄（す）ます 2 他五

澄清、去掉雜質、注意力集中 ★☆☆☆

心（こころ）を澄（す）ます。 專心。

住（す）む 1 自五

居住、棲息 ★★★★

東京（とうきょう）に住（す）んでいる。 住在東京。

済（す）む 1 自五 ➲ 済（す）ます

完了、能應付 ★★★☆

やっと試験（しけん）が済（す）んだ。 考試終於結束了。

する 0 自他サ

做 ★★★★

化学（かがく）の実験（じっけん）をする。 做化學實驗。

擦（す）る 1 他五

摩擦 ★☆☆☆

マッチを擦（す）った。 點火柴。

MP3 14

▶ 座る（すわる） 0 自五

坐、擱淺、蓋上、沈重 ★★☆☆

お座り（すわり）ください。 請坐。

▶ 責める（せめる） 2 他一

責備、折磨、催促 ★★☆☆

自分（じぶん）を責める（せめる）。 自責。

▶ 沿う（そう） / 添う（そう） 0 1 自五 ➲ 添える（そえる）

順、沿、按照、遵循、增添 ★☆☆☆

住民（じゅうみん）の声（こえ）に沿って（そって）決定（けってい）した。 順應居民的聲音決定了。

▶ 添える（そえる） 0 2 他一 ➲ 沿う（そう） / 添う（そう）

附帶 ★☆☆☆

贈り物（おくりもの）に手紙（てがみ）を添える（そえる）。 禮物中附上信。

▶ 損う（そこなう） 3 他五

損害、傷害 ★☆☆☆

彼女（かのじょ）の機嫌（きげん）を損う（そこなう）。 破壞她的情緒。

▶ **注ぐ（そそぐ）** 0 2 自他五 ➲ 注ぐ（つぐ）

流入、注入 ★★☆☆

子供（こども）に愛情（あいじょう）を注ぐ（そそぐ）。 把愛傾注於孩子。

▶ **育つ（そだつ）** 2 自五 ➲ 育てる（そだてる）

成長、長進 ★★☆☆

赤ちゃん（あかちゃん）が育った（そだった）。 嬰兒長大了。

▶ **育てる（そだてる）** 3 他一 ➲ 育つ（そだつ）

養育、培養 ★★★☆

子供（こども）を育てる（そだてる）。 養育小孩。

▶ **備える（そなえる）** 3 他一 ➲ 備わる（そなわる）

防備、設置、具備 ★★☆☆

消火器（しょうかき）を備える（そなえる）。 備有滅火器。

▶ **備わる（そなわる）** 3 自五 ➲ 備える（そなえる）

備有、列入 ★☆☆☆

この病院（びょういん）には最新（さいしん）の設備（せつび）が備わって（そなわって）いる。 這個醫院裡具有最新的設備。

MP3 15

聳（そび）える 3 自一

聳立、出類拔萃 ★☆☆☆

富士山（ふじさん）が目（め）の前（まえ）に聳（そび）えている。　富士山聳立在眼前。

染（そ）まる 0 自五 ➲ 染（し）みる

染上、沾染 ★☆☆☆

布（ぬの）がきれいに染（そ）まる。　布染得很漂亮。

背（そむ）く 2 自五

背、違背、背棄 ★☆☆☆

約束（やくそく）に背（そむ）く。　違背約定。

反（そ）らす 2 他五 ➲ 反（そ）る

弄彎、挺（胸） ★☆☆☆

身（み）を反（そ）らして笑（わら）う。　仰天大笑。

反（そ）る 1 自五 ➲ 反（そ）らす

翹起來、身體後彎 ★☆☆☆

雑誌（ざっし）の表紙（ひょうし）が反（そ）る。　雜誌封面翹起來。

た行

學習紀錄 1 ◯ 2 ◯ 3 ◯

MP3 16

絶(た)える 2 自一

斷絕、無 ★☆☆☆

両親(りょうしん)はけんかが絶(た)えない。　父母親三不五時吵架。

耐(た)える 2 自一

忍耐、勝任 ★☆☆☆

このコップは高温(こうおん)に耐(た)える。　這個杯子耐高溫。

倒(たお)す 2 他五 ➲ 倒(たお)れる

弄倒、打倒、賴帳 ★★☆☆

花瓶(かびん)を倒(たお)して割(わ)ってしまった。　弄倒花瓶摔破了。

倒(たお)れる 3 自一 ➲ 倒(たお)す

倒塌、倒閉、垮台 ★★★☆

地震(じしん)で建物(たてもの)が倒(たお)れた。　因為地震，建築物倒了。

耕(たがや)す 3 他五

耕作 ★★☆☆

畑(はたけ)を耕(たがや)す。　耕田。

足（た）す 0 他五 ➲ 足（た）りる

加、增加、補、辦完 ★★★☆

砂糖（さとう）を少（すこ）し足（た）す。 加點糖。

出（だ）す 1 他五 ➲ 出（で）る

拿出、發出、發表、露出 ★★★★

かばんから本（ほん）を出（だ）す。 從書包裡拿書出來。

助（たす）かる 3 自五 ➲ 助（たす）ける

得救、減輕負擔 ★★☆☆

命（いのち）が助（たす）かった。 性命獲救。

助（たす）ける 3 他一 ➲ 助（たす）かる

救助、幫忙 ★★☆☆

貧（まず）しい人（ひと）を助（たす）ける。 幫助貧窮的人。

携（たずさ）わる 4 自五

從事 ★☆☆☆

教育（きょういく）に携（たずさ）わる。 從事教育工作。

尋ねる（たずねる） 3 他一

問、打聽、尋求 ★★★☆

交番（こうばん）で道（みち）を尋（たず）ねる。 在派出所問路。

訪ねる（たずねる） 3 他一 ➲ 訪（おとず）れる

拜訪 ★★★☆

友達（ともだち）を訪（たず）ねる。 拜訪朋友。

戦う（たたかう） 0 自五

作戰、搏鬥、競賽 ★★☆☆

祖国（そこく）のために戦（たたか）った。 為祖國而戰。

漂う（ただよう） 3 自五

飄盪、飄流、徘徊、洋溢 ★☆☆☆

空（そら）に白（しろ）い雲（くも）が漂（ただよ）っている。 天空飄著白雲。

立ち去る（たちさる） 0 3 自五 ➲ 去（さ）る

走開、離去 ★☆☆☆

彼（かれ）はおじぎをして立（た）ち去（さ）った。 他行完禮後離開了。

立ち寄る（たちよる） 0 3 自五

靠近、順便到 ★☆☆☆

帰り（かえり）に友達（ともだち）のところに立ち寄った（たちよった）。 回程順道到朋友那裡去了。

立つ（たつ） 1 自五

站、離開、上升、引人注目 ★★★★

椅子（いす）から立つ（たつ）。 從椅子上站起來。

立て直す（たてなおす） 0 4 他五

恢復、改變 ★☆☆☆

計画（けいかく）を立て直す（たてなおす）。 重作計劃。

奉る（たてまつる） 4 他五

奉、獻 ★☆☆☆

供物（くもつ）を奉る（たてまつる）。 獻上祭品。

建てる（たてる） 2 他一 ➲ 立てる（たてる）

建立、建造 ★★★☆

ビルを建てる（たてる）。 蓋大樓。

▶ **立(た)てる** [2] 他一 ➲ 建(た)てる

豎立、揚起、安置 ★★★☆

旗(はた)を立(た)てる。 豎旗子。

▶ **辿(たど)り着(つ)く** [4] 自五 ➲ 辿(たど)る

辛苦地抵達 ★☆☆☆

ついに目的地(もくてきち)に辿(たど)り着(つ)いた。 終於到達目的地了。

▶ **辿(たど)る** [2] [0] 他五 ➲ 辿(たど)り着(つ)く

前進、探索、尋求 ★☆☆☆

山道(やまみち)を辿(たど)る。 走山路。

▶ **頼(たの)む** [2] 他五

請求、委託、雇、仰仗 ★★★★

友達(ともだち)に用事(ようじ)を頼(たの)む。 拜託朋友事情。

▶ **束(たば)ねる** [3] 他一

紮、捆、治理、統率 ★☆☆☆

シュシュで髪(かみ)を束(たば)ねる。 用髮圈綁頭髮。

MP3 16

食(た)べる 2 他一

吃、生活 ★★★★

ご飯(はん)を食(た)べる。　吃飯。

賜(たまわ)る 3 他五

蒙賜、賞賜 ★☆☆☆

先生(せんせい)にご教示(きょうじ)を賜(たまわ)る。　承蒙老師賜教。

試(ため)す 2 他五

試驗、嘗試 ★★☆☆

試験(しけん)で実力(じつりょく)を試(ため)す。　用考試測試實力。

保(たも)つ 2 他五

守、保持、持續 ★☆☆☆

一定(いってい)の距離(きょり)を保(たも)つ。　保持一定的距離。

頼(たよ)る 2 自五

依靠、借助、拉關係 ★★☆☆

地図(ちず)に頼(たよ)って山(やま)に登(のぼ)る。　靠地圖爬山。

足(た)りる 0 自一 ➲ 足(た)す

足夠、值得 ★★★☆

お金(かね)が足(た)りない。　錢不夠。

弛(たる)む 0 自五

鬆弛、鬆懈、精神不振 ★☆☆☆

皮膚(ひふ)が弛(たる)む。　皮膚鬆弛。

垂(た)れる 2 自他一

垂下、滴流、教誨 ★☆☆☆

水(みず)がぽたぽたと垂(た)れている。　水滴滴答答地滴下。

違(ちが)う 0 自五

不同、錯誤 ★★★★

人(ひと)によって違(ちが)う。　因人而異。

縮(ちぢ)まる 0 自五 ➲ 縮(ちぢ)む / 縮(ちぢ)める

縮短、縮小、縮減 ★☆☆☆

距離(きょり)が縮(ちぢ)まる。　距離縮短。

縮(ちぢ)む [0] 自五 ➲ 縮(ちぢ)まる / 縮(ちぢ)める

縮水、畏縮、縮回 ★☆☆☆

セーターが縮(ちぢ)む。 毛衣縮水。

縮(ちぢ)める [0] 他一 ➲ 縮(ちぢ)まる / 縮(ちぢ)む

使縮小、削減 ★☆☆☆

過労(かろう)で命(いのち)を縮(ちぢ)めた。 因過勞減短壽命。

散(ち)らかす [0] 他五 ➲ 散(ち)る

亂扔、使凌亂 ★★☆☆

紙(かみ)くずを散(ち)らかす。 亂丟紙屑。

散(ち)る [0] 自五 ➲ 散(ち)らかす

落、謝、分散、凌亂 ★★☆☆

花(はな)が散(ち)る。 花謝。

費(つい)やす [3] 他五

花費、白費、浪費 ★☆☆☆

事業(じぎょう)に全財産(ぜんざいさん)を費(つい)やした。 為事業花光所有財產。

使う（つかう） 0 他五

使用、使喚 ★★★★

通勤（つうきん）に車（くるま）を使う（つかう）。 搭車通勤。

捕まえる（つかまえる） 0 他一 ➲ 捕まる（つかまる）

抓住、捉拿 ★★★☆

泥棒（どろぼう）を捕まえた（つかまえた）。 捉住小偷了。

捕まる（つかまる） 0 自五 ➲ 捕まえる（つかまえる）

被捉住、緊緊抓住 ★★☆☆

警察（けいさつ）に捕まった（つかまった）。 被警察逮捕了。

疲れる（つかれる） 3 自一

疲勞、用舊 ★★★★

働き（はたらき）過ぎて（すぎて）疲れた（つかれた）。 工作過度，很疲憊。

尽きる（つきる） 2 自一 ➲ 尽くす（つくす）

用完、終了 ★☆☆☆

体力（たいりょく）が尽きた（つきた）。 體力耗盡。

MP3 18

- **付(つ)く** 1 2 自五 ➲ 付(つ)ける

沾附、帶有、點著 ★★★★

電気(でんき)が付(つ)いた。 電燈亮了。

- **突(つ)く** 0 1 他五 ➲ 突(つつ)く

支撐、拄著、刺、戳 ★★☆☆

老人(ろうじん)が杖(つえ)を突(つ)いて歩(ある)いている。 老人拄著拐杖走著。

- **継(つ)ぐ** 0 他五

繼承、接續、縫補、添加 ★☆☆☆

家業(かぎょう)を継(つ)ぐ。 繼承家業。

- **注(つ)ぐ** 0 他五 ➲ 注(そそ)ぐ

倒入、斟 ★★☆☆

お茶(ちゃ)を注(つ)ぐ。 倒茶。

- **尽(つ)くす** 2 他五 ➲ 尽(つ)きる

竭盡、盡力 ★☆☆☆

最善(さいぜん)を尽(つ)くしなさい。 請盡力做到最好。

MP3 18

作る（つくる）／造る（つくる） 2 他五

製造、打扮、栽培、製作 ★★★★

木（き）で椅子（いす）を作（つく）る。　用木頭製作椅子。

繕う（つくろう） 3 他五

修補、修理、修飾、裝潢、敷衍 ★☆☆☆

屋根（やね）を繕（つくろ）う。　修理屋頂。

付ける（つける） 2 他一 ➲ 付く（つく）

塗抹、安裝、附加、開（電器） ★★★★

クーラーを付（つ）ける。　開冷氣。

漬ける（つける） 0 他一

浸泡、醃漬 ★★★☆

洗濯物（せんたくもの）を水（みず）に漬（つ）ける。　把衣服泡在水裡。

告げる（つげる） 0 他一

告訴、通知、宣告 ★☆☆☆

別（わか）れを告（つ）げる。　告別。

伝(つた)える 0 他一

傳、傳達、轉告、傳授、傳導、傳播 ★★★☆

電話(でんわ)で用件(ようけん)を伝(つた)える。　用電話通知事情。

突(つつ)く 2 他五 ➲ 突(つ)く

輕碰、啄、挑撥、挑剔 ★☆☆☆

肘(ひじ)で突(つつ)いて注意(ちゅうい)する。　用手肘輕碰提醒。

続(つづ)く 0 自五 ➲ 続(つづ)ける

持續、相連、接著、次於 ★★★☆

会議(かいぎ)は深夜(しんや)まで続(つづ)いた。　會議持續到深夜。

続(つづ)ける 0 他一 ➲ 続(つづ)く

繼續、連接在一起 ★★★☆

結論(けつろん)が出(で)るまで会議(かいぎ)を続(つづ)けた。　會議持續到討論出結論。

慎(つつし)む 3 他五

謹慎、節制 ★☆☆☆

言葉(ことば)を慎(つつし)む。　慎言。

MP3 18

突っ張る（つっぱる） 3 他五
撐住、堅持己見、肌肉緊繃 ★☆☆☆

筋肉（きんにく）が突っ張る。　肌肉緊繃。

包む（つつむ） 2 他五
包上、包圍、隱藏、籠罩 ★★☆☆

プレゼントを包む。　包裝禮物。

勤める（つとめる） 3 自一
工作 ★★★★

銀行（ぎんこう）に勤めている。　任職於銀行。

努める（つとめる） 3 自一
努力、忍耐 ★★☆☆

問題（もんだい）の解決（かいけつ）に努める。　努力解決問題。

務める（つとめる） 3 他一
擔任 ★★☆☆

司会（しかい）を務める。　擔任主持。

抓る（つねる） 2 他五

捏、擰 ★☆☆☆

手（て）を抓る（つねる）。　捏手。

募る（つのる） 2 自他五

愈來愈厲害、徵求 ★☆☆☆

不安（ふあん）が募る（つのる）。　愈來愈不安。

呟く（つぶやく） 3 自五

發牢騷、滴咕 ★☆☆☆

彼女（かのじょ）は何事（なにごと）か呟い（つぶやい）た。　她嘴裡嘟嚷著什麼。

瞑る（つぶる） 0 他五

閉目 ★☆☆☆

目（め）を瞑る（つぶる）。　閉眼睛。

摘む（つまむ） 0 他五 ➲ 摘む（つむ）

捏、摘、（夾起來）吃 ★☆☆☆

お寿司（すし）を摘む（つまむ）。　夾壽司。

積(つ)む 0 他五 ➲ 積(つ)もる

堆積、累積、裝載 ★★☆☆

車(くるま)に荷物(にもつ)を積(つ)む。 把行李堆車上。

摘(つ)む 0 他五 ➲ 摘(つま)む

摘、採 ★☆☆☆

花(はな)を摘(つ)む。 摘花。

詰(つ)める 2 他一

裝入、塞、節約、屏住（呼吸） ★★☆☆

バッグに荷物(にもつ)を詰(つ)める。 把東西塞滿包包。

積(つ)もる 2 0 自五 ➲ 積(つ)む

積、堆積、累積、積蓄、估計 ★★☆☆

雪(ゆき)が50(ごじゅっ)センチ積(つ)もった。 雪積了五十公分。

連(つら)なる 3 自五 ➲ 連(つ)れる

連接、成行、參加 ★☆☆☆

車(くるま)が大通(おおどお)りに連(つら)なっている。 車子在大街上排列著。

MP3 19

▶ **貫く**（つらぬく） 3 他五

貫穿、貫徹 ★☆☆☆

自分（じぶん）の意志（いし）を<u>貫く</u>（つらぬく）。　貫徹自己的意志。

▶ **釣る**（つる） 0 自他五

垂釣、勾引 ★★★☆

魚（さかな）をたくさん<u>釣った</u>（つった）。　釣了很多魚。

▶ **連れる**（つれる） 0 他一 ➲ 連なる（つらなる）

帶領、帶著 ★★★☆

犬（いぬ）を<u>連れて</u>（つれて）散歩（さんぽ）する。　帶狗散步。

▶ **出かける**（でかける） 0 自一

外出 ★★★★

散歩（さんぽ）に<u>出かける</u>（でかける）。　出門散步。

▶ **手掛ける**（てがける） 3 他一

親手做、親自照料 ★☆☆☆

長年（ながねん）<u>手掛けて</u>（てがけて）きた仕事（しごと）が完成（かんせい）した。　多年來親手做的工作完成了。

できる 2 自一

完成、形成、生產、發生、能、會 ★★★★

水（みず）ぶくれができた。 起水泡了。

出（で）くわす 0 3 自五

偶遇 ★☆☆☆

街（まち）で友達（ともだち）に出（で）くわした。 在街上偶遇朋友。

手伝（てつだ）う 3 他五

幫助、由於 ★★★☆

掃除（そうじ）を手伝（てつだ）う。 幫忙打掃。

照（て）らす 0 2 他五 ➲ 照（て）り返（かえ）す / 照（て）る

照、照耀、按照 ★★☆☆

月（つき）が夜道（よみち）を照（て）らす。 月光照亮夜路。

照（て）り返（かえ）す 0 3 他五 ➲ 照（て）らす / 照（て）る

反射 ★☆☆☆

路面（ろめん）が日差（ひざ）しを照（て）り返（かえ）す。 路面反射陽光。

▶ 照（て）る [1] 自五 ➲ 照（て）らす / 照（て）り返（かえ）す

照耀、晴天 ★★☆☆

太陽（たいよう）が照（て）っている。　太陽照射著。

▶ 出（で）る [1] 自一 ➲ 出（だ）す

出去、出發、畢業、超出 ★★★★

会社（かいしゃ）を出（で）る。　離開公司。

▶ 転（てん）じる [0] [3] 他一

轉變、改變、遷移 ★☆☆☆

逆境（ぎゃっきょう）を転（てん）じる。　扭轉逆境。

▶ 問（と）い合（あ）わせる [5] [0] 他一 ➲ 問（と）う

打聽、詢問 ★☆☆☆

市場（しじょう）の相場（そうば）を問（と）い合（あ）わせる。　打聽市場行情。

▶ 問（と）う [1] [0] 他五 ➲ 問（と）い合（あ）わせる

問、打聽、追查 ★☆☆☆

知（し）らない人（ひと）に道（みち）を問（と）う。　跟不認識的人問路。

尊ぶ（とうとぶ） 3 他五

重視、尊重、尊敬 ★☆☆☆

皆さんの意見を尊ぶ。 尊重大家的意見。

通る（とおる） 1 他五

通過、暢通、實現 ★★★☆

道路の右側を通る。 通過道路的右邊。

咎める（とがめる） 3 自他一

責備、內疚、盤問、傷口發炎 ★☆☆☆

良心が咎める。 良心受到譴責。

途切れる（とぎれる） 3 自一

中斷 ★☆☆☆

携帯電話は電波のせいで途切れた。 手機因為收訊不好而斷訊了。

解く（とく） 1 他五 ➲ 解ける

解開、拆開、解除 ★★☆☆

荷物を解いて中身を出す。 解開行李拿出東西。

MP3 20

説く（とく） 1 他五

解釋、說明 ★☆☆☆

改革（かいかく）の必要性（ひつようせい）を説く（と）。 說明改革的必要性。

溶く（とく） 1 他五 ➲ 溶ける（とける）

溶解、融合 ★★☆☆

小麦粉（こむぎこ）を水（みず）で溶く（と）。 用水調麵粉。

研ぐ（とぐ） 1 他五

研磨、擦亮 ★☆☆☆

包丁（ほうちょう）を研ぐ（と）。 研磨菜刀。

解ける（とける） 2 自一 ➲ 解く（とく）

鬆開、消除、解除、解決 ★★☆☆

靴（くつ）の紐（ひも）が解けた（と）。 鞋帶解開了。

溶ける（とける） 2 自一 ➲ 溶く（とく）

溶化、溶解 ★★☆☆

雪（ゆき）が溶けた（と）。 雪溶化了。

遂(と)げる 0 2 他一

達到、實現 ★☆☆☆

目的(もくてき)を遂(と)げる。 達到目的。

綴(と)じる 2 他一

訂上、縫上 ★☆☆☆

原稿(げんこう)を綴(と)じる。 裝訂原稿。

閉(と)じる 2 自他一

關、閉、結束、闔上 ★★☆☆

本(ほん)を閉(と)じなさい。 請將書闔上。

途絶(とだ)える 3 自一

斷絕、中斷 ★☆☆☆

台風(たいふう)で交通(こうつう)が途絶(とだ)えた。 由於颱風，交通中斷了。

届(とど)ける 3 他一

送到、呈報 ★★★☆

手紙(てがみ)を届(とど)ける。 送信。

整える（ととのえる） 4 3 他一

整理、整頓、調整 ★☆☆☆

ベッドを整える（ととのえる）。 整理床舖。

滞る（とどこおる） 0 4 自五

阻塞、遲誤、拖欠 ★☆☆☆

停電（ていでん）で仕事（しごと）が滞（とどこお）った。 停電，工作延誤。

止める（とどめる） 3 他一

阻止、停止、留下、限於 ★☆☆☆

足（あし）を止（とど）めて景色（けしき）を眺（なが）めた。 停下腳步眺望了風景。

唱える（となえる） 3 他一

唸誦、高呼、提倡 ★☆☆☆

人類（じんるい）の平和（へいわ）を唱（とな）える。 提倡和平。

飛ぶ（とぶ） 0 自五

飛、跳、飄落、散播、飛濺 ★★★★

鳥（とり）が空（そら）を飛（と）ぶ。 鳥在空中飛。

惚(とぼ)ける 3 自一

發愣、遲鈍、裝不知道 ★☆☆☆

惚(とぼ)けないでよ！　別裝傻呀！

泊(と)まる 0 自五

投宿、停泊 ★★★★

ホテルに泊(と)まる。　住飯店。

止(と)まる 0 自五 ➲ 止(と)める

停止、止住、堵塞、固定住 ★★★☆

車(くるま)が止(と)まる。　車停下來。

止(と)める 0 他一 ➲ 止(と)まる

停、遏止、閉住、勸阻 ★★★☆

車(くるま)を止(と)める。　停車。

伴(ともな)う 3 自五

伴隨、帶有、相稱 ★☆☆☆

社長(しゃちょう)に伴(ともな)って出張(しゅっちょう)する。　陪社長出差。

取り扱う（とりあつかう） 0 5 他五

辨理、操作、對待 ★☆☆☆

事務（じむ）を取り扱う。 處理事務。

取り替える（とりかえる） 0 4 3 他一

更換、交換 ★★★☆

友達（ともだち）と腕時計（うでどけい）を取り替える。 和朋友交換手錶。

取り込む（とりこむ） 0 3 他五

忙亂、取回、拉攏 ★☆☆☆

洗濯物（せんたくもの）を取り込む。 拿回洗好的東西。

取り締まる（とりしまる） 4 0 他五

管理、取締 ★☆☆☆

非法（ひほう）を取り締まる。 取締非法。

取り次ぐ（とりつぐ） 0 3 他五

轉達、回話、代辦、轉交 ★☆☆☆

担当者（たんとうしゃ）に電話（でんわ）を取り次ぐ。 把電話轉給承辦人。

撮（と）る 1 他五

攝影、拍照 ★★★★

写真（しゃしん）を撮（と）る。 拍照。

取（と）る 1 他五

拿取、去除、得到 ★★☆☆

新聞（しんぶん）を取（と）ってください。 請拿一下報紙。

とろける 0 3 自一

心曠神怡、融化 ★☆☆☆

暑（あつ）さで氷（こおり）がとろけた。 因天熱，冰融化了。

な行

MP3 21

治(なお)す 2 他五 ➲ 治(なお)る

治療 ★★★☆

病気(びょうき)を治(なお)す。 治病。

直(なお)す 2 他五 ➲ 直(なお)る

修改、矯正、修理、更改 ★★★☆

生徒(せいと)の作文(さくぶん)を直(なお)す。 改學生的作文。

治(なお)る 2 自五 ➲ 治(なお)す

痊癒、治癒 ★★★☆

風邪(かぜ)が治(なお)った。 感冒好了。

直(なお)る 2 自五 ➲ 直(なお)す

復原、修好 ★★★☆

時計(とけい)が直(なお)った。 鐘錶修好了。

流(なが)す 2 他五 ➲ 流(なが)れる

使～流動、沖走、洗去 ★★☆☆

シャワーで汗(あせ)を流(なが)す。 用淋浴沖掉汗水。

流(なが)**れる** 3 自一 ➲ 流(なが)す

流、流逝、傳播、順利進展 ★★☆☆

汗(あせ)が滝(たき)のように流(なが)れる。 汗像瀑布般地流。

泣(な)**く** 0 自五

哭泣、懊悔、發愁 ★★★★

声(こえ)を出(だ)して泣(な)く。 出聲哭泣。

鳴(な)**く** 0 自五

鳴叫 ★★☆☆

小鳥(ことり)が鳴(な)いている。 鳥叫著。

無(な)**くす** 0 他五 ➲ 無(な)くなる

喪失、失掉 ★★★☆

財布(さいふ)を無(な)くした。 弄丟了錢包。

亡(な)**くなる** 0 自五 ➲ 死(し)ぬ

過世、死去 ★★★☆

祖母(そぼ)が亡(な)くなった。 祖母過世了。

MP3 21

▶ **無く（な）なる** 0 自五 ➲ 無く（な）す

遺失、沒有了 ★★★☆

お金（かね）が無（な）くなった。　錢不見了。

▶ **嘆（なげ）く** 2 他五

嘆息、悲傷、氣憤 ★☆☆☆

世（よ）の腐敗（ふはい）を嘆（なげ）く。　感嘆社會腐敗。

▶ **投（な）げる** 2 他一

投擲、摔、提供、投入 ★★☆☆

石（いし）を投（な）げる。　丟石頭。

▶ **懐（なつ）く** 2 自五

接近、熟識 ★☆☆☆

子供（こども）たちはよく私（わたし）に懐（なつ）いている。　小孩子們常常接近我。

▶ **悩（なや）ます** 3 他五 ➲ 悩（なや）む

令人煩惱 ★☆☆☆

工場（こうじょう）の騒音（そうおん）が住民（じゅうみん）を悩（なや）ます。　工廠的噪音讓居民傷腦筋。

悩(なや)む 2 自五 ➲ 悩(なや)ます

煩惱、憂慮 ★★☆☆

人間関係(にんげんかんけい)で悩(なや)む。 煩惱人際關係。

習(なら)う 2 他五

練習、學習 ★★★★

英語(えいご)を習(なら)う。 學英文。

慣(な)らす 2 他五 ➲ 慣(な)れる

使之習慣、使之適應 ★☆☆☆

体(からだ)を寒(さむ)さに慣(な)らす。 讓身體習慣寒冷。

鳴(な)らす 0 他五

使之發出聲音、宣揚 ★★☆☆

鐘(かね)を鳴(な)らす。 敲鐘。

並(なら)ぶ 0 自五 ➲ 並(なら)べる

排列、比得上、兼備 ★★☆☆

3人並(さんにんなら)んで歩(ある)く。 三人並肩走。

MP3 21

並べる（ならべる） 0 他一 ➲ 並ぶ（ならぶ）

排、列舉、陳列 ★★★★

本棚（ほんだな）に本（ほん）を並べる（ならべる）。　把書擺在書架上。

成り立つ（なりたつ） 3 0 自五

成立、組成 ★☆☆☆

契約（けいやく）が成り立つ（なりたつ）。　契約成立。

なる 1 自五

完成、構成、成為 ★★★★

息子（むすこ）が大学生（だいがくせい）になった。　兒子成為大學生了。

鳴る（なる） 0 自五

鳴、響、聞名 ★★★☆

授業（じゅぎょう）のベルが鳴った（なった）。　上課鐘響了。

慣れる（なれる） 2 自一 ➲ 慣らす（ならす）

習慣、熟練、適應 ★★★☆

早起き（はやおき）に慣れる（なれる）。　習慣早起。

似通（にかよ）う 3 自五

相似 ★☆☆☆

2人（ふたり）は性格（せいかく）まで似通（にかよ）っている。　二人連個性都像。

賑（にぎ）わう 3 自五

熱鬧、擁擠、興旺、繁榮 ★☆☆☆

市場（いちば）はいつも賑（にぎ）わっている。　市場總是很熱鬧。

憎（にく）む 2 他五

憎恨、嫉妒 ★★☆☆

不正（ふせい）を憎（にく）む。　痛恨違法行為。

逃（に）げ出（だ）す 0 3 他五 ➲ 逃（に）げる / 逃（のが）す / 逃（のが）れる

逃出、溜掉 ★☆☆☆

隙（すき）を見（み）て逃（に）げ出（だ）す。　趁隙逃跑。

逃（に）げる 2 自一 ➲ 逃（に）げ出（だ）す / 逃（のが）す / 逃（のが）れる

逃跑、逃避 ★★★☆

犯人（はんにん）が逃（に）げた。　犯人逃走了。

にじむ 2 自五

滲、滲入、浸潤 ★☆☆☆

血(ち)がにじむ。 滲血。

担(にな)う 2 他五

挑、肩負責任 ★☆☆☆

自分(じぶん)で責任(せきにん)を担(にな)うべきだ。 應自己擔起責任。

鈍(にぶ)る 2 自五

變鈍、減弱 ★☆☆☆

動(うご)きが鈍(にぶ)る。 動作遲鈍。

似(に)る 0 自一

像、似 ★★★☆

子(こ)は親(おや)に似(に)ている。 小孩很像父母。

抜(ぬ)かす 0 他五 ➲ 抜(ぬ)く / 抜(ぬ)け出(だ)す / 抜(ぬ)ける

遺漏、跳過 ★☆☆☆

一行(いちぎょう)抜(ぬ)かして読(よ)んだ。 漏讀了一行。

抜く 0 他五 ➲ 抜かす / 抜け出す / 抜ける

拔出、抽出、消除、省掉 ★★☆☆

歯を抜く。 拔牙。

脱ぐ 1 他五

脫掉 ★★★★

靴を脱ぐ。 脫鞋子。

抜け出す 3 他五 ➲ 抜かす / 抜く / 抜ける

脫身、擺脫 ★☆☆☆

授業をさぼって、学校を抜け出した。 蹺課溜出了學校。

抜ける 0 自一 ➲ 抜かす / 抜く / 抜け出す

脫落、漏氣、遲鈍 ★★☆☆

タイヤの空気が抜けた。 輪胎洩了氣。

盗む 2 他五

盜竊、欺瞞、利用 ★★★☆

金庫から現金を盗む。 從保險箱偷走現金。

MP3 24

塗(ぬ)る 0 他五

塗、擦 ★★★☆

パンにバターを塗(ぬ)る。　把奶油塗在麵包上。

濡(ぬ)れる 0 自一

濕 ★★★☆

雨(あめ)で服(ふく)が濡(ぬ)れた。　因雨衣服濕了。

願(ねが)う 2 他五

請求、願望、祈求 ★★☆☆

心(こころ)から成功(せいこう)を願(ねが)う。　由衷祈求成功。

寝(ね)かせる 0 他一

使睡覺、使發酵 ★☆☆☆

ワインを寝(ね)かせる。　讓葡萄酒熟成。

ねじれる 3 自一

扭、乖僻 ★☆☆☆

心(こころ)がねじれている。　性格乖僻。

妬む（ねたむ） 2 他五

嫉妒、吃醋 ★☆☆☆

他人の幸運を妬む。（たにん、こううん、ねた） 嫉妒他人的幸運。

ねだる 2 0 他五

強求、要求 ★☆☆☆

お菓子をねだる。（かし） 纏著要點心。

粘る（ねばる） 2 自五

黏、堅持 ★☆☆☆

この餅はよく粘る。（もち、ねば） 這個麻糬很黏。

眠る（ねむる） 0 自五

睡覺 ★★★☆

子供はもう眠った。（こども、ねむ） 小孩已經睡著了。

寝る（ねる） 0 自一

就寢、上床 ★★★★

昨日はぐっすり寝た。（きのう、ね） 昨晚熟睡。

MP3 25

練(ね)る 1 自他五

熬煮、冶煉、鍛鍊、推敲 ★☆☆☆

演技(えんぎ)を練(ね)る。 磨練演技。

逃(のが)す 2 他五 ➲ 逃(に)げ出(だ)す / 逃(に)げる / 逃(のが)れる

錯過、放過 ★☆☆☆

チャンスを逃(のが)すな。 別錯過機會！

逃(のが)れる 3 自一 ➲ 逃(に)げ出(だ)す / 逃(に)げる / 逃(のが)す

逃脫、擺脫、逃離 ★☆☆☆

都会(とかい)を逃(のが)れて田舎(いなか)に住(す)む。 逃離城市住到鄉下。

残(のこ)す 2 他五 ➲ 残(のこ)る

留下、積存、遺留 ★★☆☆

机(つくえ)の上(うえ)にメモを残(のこ)す。 把留言留在桌上。

残(のこ)る 2 自五 ➲ 残(のこ)す

剩餘、留下 ★★★☆

弁当(べんとう)が３つ(みっ)残(のこ)っている。 剩下三個便當。

MP3 25

望む（のぞむ） 0 2 他五

希望、眺望、仰望 ★★☆☆

進学（しんがく）を望む（のぞむ）。 希望升學。

乗っ取る（のっとる） 3 他五

攻佔、劫持、侵佔 ★☆☆☆

城（しろ）を乗っ取る（のっとる）。 攻取城堡。

罵る（ののしる） 3 自他五

臭罵、斥責 ★☆☆☆

上司（じょうし）が部下（ぶか）を罵る（ののしる）。 上司大罵下屬。

延ばす（のばす） 2 他五

使之長、延長、擴展 ★★☆☆

彼女（かのじょ）は髪（かみ）を長（なが）く延（の）ばしている。 她把頭髮留長。

伸ばす（のばす） 2 他五

發揮 ★☆☆☆

才能（さいのう）を伸（の）ばす。 發揮才能。

MP3 25

登る（のぼる） 0 自五

登 ★★★★

山に登る。（やまにのぼる） 爬山。

昇る（のぼる） 0 自五

升起 ★★☆☆

東の空に朝日が昇った。（ひがしのそらにあさひがのぼった） 朝陽在東邊的天空升起了。

上る（のぼる） 0 自五

上升 ★★☆☆

頭に血が上る。（あたまにちがのぼる） 腦充血。

飲む（のむ） 1 他五

喝、吞、壓倒 ★★★★

ビールを飲む。 喝啤酒。

乗り換える（のりかえる） 4 3 自一 ➲ 乗り込む / 乗る

轉乘、調換 ★★★☆

バスに乗り換える。 轉搭公車。

MP3 25

▶ 乗(の)り込(こ)む ③ 自五 ➲ 乗(の)り換(か)える / 乗(の)る

搭上、（軍隊）開進、乘著進入 ★☆☆☆

迎(むか)えの車(くるま)に乗(の)り込(こ)む。　坐上迎接的車子。

▶ 乗(の)る ⓪ 自五 ➲ 乗(の)り込(こ)む / 乗(の)り換(か)える

坐、騎、傳導、趁機、增強

飛行機(ひこうき)に乗(の)る。　搭飛機。

は行

MP3 26

入る（はいる） 1 自五 ➲ 入れる（いれる）

進入、容納、參加、包括在內 ★★★★

教室（きょうしつ）に入る（はいる）。　進教室。

生える（はえる） 2 自一 ➲ 生やす（はやす）

長 ★★☆☆

歯（は）が生える（はえる）。　長牙。

捗る（はかどる） 3 自五

進展順利 ★☆☆☆

工事（こうじ）が捗る（はかどる）。　工程進展順利。

計る（はかる） / 測る（はかる） / 量る（はかる） 2 他五

秤、量、衡量、推測 ★★☆☆

体温（たいおん）を測る（はかる）。　量體溫。

諮る（はかる） 2 他五

諮詢 ★☆☆☆

友達（ともだち）に諮って（はかって）決める（きめる）。　跟朋友商量後再決定。

図（はか）る [2] 他五

謀求、圖謀 ★☆☆☆

自殺（じさつ）を図（はか）る。　企圖自殺。

履（は）く [0] 他五

穿（鞋、襪） ★★★★

靴（くつ）を履（は）く。　穿鞋子。

掃（は）く [1] 他五

掃 ★★☆☆

部屋（へや）を掃（は）いてきれいにする。　把房間打掃乾淨。

剥（は）ぐ [1] 他五 ➲ 剥（は）げる

剝、撕掉、扒下、革除 ★☆☆☆

木（き）の皮（かわ）を剥（は）ぐ。　剝樹皮。

励（はげ）ます [3] 他五 ➲ 励（はげ）む

鼓勵、提高嗓門 ★☆☆☆

友達（ともだち）を励（はげ）ます。　鼓勵朋友。

MP3 26

励む（はげむ） 2 自五 ➲ 励ます（はげます）

勤奮、努力 ★☆☆☆

仕事（しごと）に励（はげ）む。 努力工作。

剥げる（はげる） 2 自一 ➲ 剥ぐ（はぐ）

褪色、脫落 ★☆☆☆

汗（あせ）で化粧（けしょう）が剥（は）げた。 因汗水而脫妝。

化ける（ばける） 2 自一

變、化妝 ★☆☆☆

彼（かれ）は女性（じょせい）に化（ば）けた。 他喬裝成女性。

運ぶ（はこぶ） 0 他五

搬運、進行、進展 ★★★☆

荷物（にもつ）を運（はこ）ぶ。 搬行李。

挟む（はさむ） 2 他五

夾、隔著 ★★☆☆

箸（はし）でおかずを挟（はさ）む。 用筷子挾菜。

弾(はじ)く ② 他五 ➲ 弾(はず)む / 弾(ひ)く

彈、不沾、防彈 ★☆☆☆

爪(つめ)で服(ふく)のほこりを弾(はじ)く。　用指甲彈掉衣服上的灰塵。

始(はじ)まる ⓪ 自五 ➲ 始(はじ)める

開始、起因 ★★★★

授業(じゅぎょう)が始(はじ)まった。　課程開始了。

始(はじ)める ⓪ 他一 ➲ 始(はじ)まる

開始、開創 ★★★☆

日本語(にほんご)の勉強(べんきょう)を始(はじ)める。　開始學日文。

恥(は)じらう ③ 自五

害羞 ★☆☆☆

恥(は)じらって頬(ほお)が赤(あか)くなった。　害羞到雙頰變紅。

走(はし)る ② 自五

跑、行駛、水流 ★★★★

廊下(ろうか)を走(はし)る。　在走廊上跑。

MP3 26

外す（はずす） 0 他五 ➲ 外れる（はずれる）

拆下、解開、避開、放過、離座 ★★☆☆

上着（うわぎ）のボタンを外す（はずす）。　解開上衣的扣子。

弾む（はずむ） 0 自他五 ➲ 弾く（はじく） / 弾く（ひく）

彈回、興致高漲 ★☆☆☆

このボールはよく弾む（はずむ）。　這個球彈性好。

外れる（はずれる） 0 自一 ➲ 外す（はずす）

脫落、脫軌、落空、不合理 ★★☆☆

天気予報（てんきよほう）が外れた（はずれた）。　氣象報告不準。

叩く（はたく） 2 他五

撣、打、拍打 ★☆☆☆

布団（ふとん）を叩く（はたく）。　拍打棉被。

果たす（はたす） 2 他五 ➲ 果てる（はてる）

完成 ★☆☆☆

希望（きぼう）を果たした（はたした）。　實現了願望。

働く（はたらく） 0 自五

工作、動、起作用 ★★★★

工場（こうじょう）で働（はたら）いている。　在工廠工作。

果てる（はてる） 2 自一 ➲ 果たす（はたす）

終了 ★☆☆☆

夜（よる）になって人通（ひとどお）りが果（は）てた。　入夜後，人潮散了。

ばてる 2 自一

疲勞至極 ★☆☆☆

徹夜（てつや）してすっかりばてた。　徹夜未眠累垮了。

話す（はなす） 2 他五

說話、商量 ★★★★

日本語（にほんご）で話（はな）す。　用日文交談。

放す（はなす） 2 他五 ➲ 放れる（はなれる）

放開 ★★☆☆

縄（なわ）を解（と）いて犬（いぬ）を放（はな）す。　鬆開繩子放狗。

離(はな)す 2 他五 ➲ 離(はな)れる

使～離開、隔開 ★★☆☆

ハンドルから手(て)を離(はな)す。　手離開方向盤。

放(はな)れる 3 自一 ➲ 放(はな)す

脫離、（動物）逃跑 ★★☆☆

犬(いぬ)が鎖(くさり)から放(はな)れた。　狗從鎖鏈逃跑。

離(はな)れる 3 自一 ➲ 離(はな)す

離開、距離 ★★☆☆

ここから駅(えき)までは2キロほど離(はな)れている。　這裡離車站有二公里遠。

阻(はば)む 2 他五

阻撓、阻隔 ★☆☆☆

彼(かれ)の発言(はつげん)を阻(はば)む。　阻止他發言。

省(はぶ)く 2 他五

節省、省略、精簡 ★★☆☆

手間(てま)を省(はぶ)く。　省略麻煩的事。

はまる [0] 自五

合適、陷入 ★☆☆☆

指輪（ゆびわ）がはまらない。 戒指不合。

生（は）やす [2] 他五 ⇒ 生（は）える

使生長 ★☆☆☆

父（ちち）はひげを生（は）やしている。 父親留著鬍子。

払（はら）う [2] 他五

支付、拂去 ★★★☆

社長（しゃちょう）がお金（かね）を払（はら）ってくれた。 社長幫忙付錢了。

ばら撒（ま）く [3] 他五

撒、散佈 ★☆☆☆

転（ころ）んでお菓子（かし）を道（みち）にばら撒（ま）いた。 跌倒把點心撒在路上了。

貼（は）る [0] 他五

張貼、貼 ★★★★

封筒（ふうとう）に切手（きって）を貼（は）る。 把郵票貼在信封上。

MP3 27

晴(は)れる 2 自一

晴、放晴、心情舒暢 ★★★★

今日(きょう)は久(ひさ)しぶりに晴(は)れた。 今天是久違的晴天。

腫(は)れる 0 自一

腫脹 ★☆☆☆

泣(な)いたので瞼(まぶた)が腫(は)れた。 因為哭泣眼皮腫了。

冷(ひ)える 2 自一 ➲ 冷(ひ)やかす / 冷(ひ)やす

變冷、覺得冷、變冷淡 ★★★☆

ビールがよく冷(ひ)えた。 啤酒好好冰過了。

控(ひか)える 3 2 自他一

控制、打消念頭、寫下來、面臨 ★☆☆☆

タバコを控(ひか)える。 少抽菸。

光(ひか)る 2 自五

發亮、發光 ★★☆☆

夜空(よぞら)に星(ほし)が光(ひか)っている。 星星在夜空中發亮。

MP3 27

率いる（ひきいる） 3 他一

帶領 ★☆☆☆

学生を率いて、調査を行う。 率領學生進行調查。

引き起こす（ひきおこす） 4 他五

引起、扶起、復興 ★☆☆☆

トラブルを引き起こした。 引發了麻煩。

弾く（ひく） 0 他五 ⊃ 弾く（はじく）／弾む（はずむ）

彈奏 ★★★★

ピアノを弾く。 彈鋼琴。

引く（ひく） 0 自他五

拉、拔、引用、查閱、抽選、減去 ★★☆☆

カーテンを引いて日をよける。 拉上窗簾遮陽。

浸す（ひたす） 0 2 他五

浸泡、浸濕 ★☆☆☆

水に足を浸す。 把腳泡在水裡。

MP3 27

▶ 引っ掻く（ひっかく） 3 他五

搔、抓 ★☆☆☆

猫（ねこ）に引っ掻（ひっか）かれた。 被貓抓傷了。

▶ 引っ越す（ひっこす） 3 自五

搬家 ★★★☆

東京（とうきょう）に引っ越（ひっこ）す。 搬到東京。

▶ 冷やかす（ひやかす） 3 他五 ➲ 冷（ひ）やす / 冷（ひ）える

冷卻、奚落、開玩笑 ★☆☆☆

友達（ともだち）を冷（ひ）やかす。 奚落朋友。

▶ 冷やす（ひやす） 2 他五 ➲ 冷（ひ）やかす / 冷（ひ）える

冰、讓頭腦冷靜 ★★☆☆

ビールを冷蔵庫（れいぞうこ）に入（い）れて冷（ひ）やす。 把啤酒放到冰箱冰。

▶ 開く（ひらく） 2 自他五 ➲ 開（あ）く / 開（あ）ける

開、開放、開始、打開、舉行、開墾 ★★★☆

会議（かいぎ）を開（ひら）く。 舉行會議。

拾う（ひろう） 0 他五

撿拾、挑選、意外得到 ★★★☆

ごみを拾う。　撿垃圾。

広まる（ひろまる） 3 0 自一

擴大、傳播、普及 ★☆☆☆

噂が広まる。　流言擴散。

増える（ふえる） 2 自一 ➲ 増やす（ふやす）／増す（ます）

增加、增多 ★★★☆

最近体重が増えた。　最近體重增加了。

深める（ふかめる） 3 他一

加深 ★☆☆☆

お互いの友情を深めた。　加深了彼此的友情。

吹く（ふく） 1 2 自他五

吹、出現、噴出 ★★★★

風が強く吹いている。　風強勁地吹著。

MP3 28

▶ **含む**（ふくむ） [2] 自他五 ➲ 含める（ふくめる）

含有、含著、記在心裡 ★★☆☆

ビタミンC（シー）を多く（おおく）<u>含んで</u>（ふくんで）いる。　含有很多維他命C。

▶ **含める**（ふくめる） [3] 他一 ➲ 含む（ふくむ）

包含、囑咐 ★★☆☆

皮肉（ひにく）の意（い）を<u>含める</u>（ふくめる）。　含有諷刺之意。

▶ **膨れる**（ふくれる） [0] 自一

脹 ★☆☆☆

食べ（たべ）過ぎて（すぎて）、おなかが<u>膨れた</u>（ふくれた）。　吃太多，肚子脹起來了。

▶ **老ける**（ふける） [2] 自一 ➲ 老いる（おいる）

上了年紀、變質、發霉 ★☆☆☆

運動（うんどう）しないと早く（はやく）<u>老ける</u>（ふける）。　不運動會老得快。

▶ **防ぐ**（ふせぐ） [2] 他五

防禦、防止、預防 ★★☆☆

敵（てき）の攻撃（こうげき）を<u>防ぐ</u>（ふせぐ）。　防禦敵人的攻擊。

太る（ふとる） 2 自五
胖、增多 ★★★☆
運動不足で太った。（うんどうぶそく・ふと） 運動不足，胖了。

踏まえる（ふまえる） 3 他一 ➲ 踏み込む / 踏む
踏、踩、根據 ★☆☆☆
現実を踏まえて方針を立てる。（げんじつ・ふ・ほうしん・た） 基於現實訂立方針。

踏み込む（ふみこむ） 3 自五 ➲ 踏まえる / 踏む
踩進去、闖入、更深一層 ★☆☆☆
悪い道に踏み込む。（わる・みち・ふ・こ） 走上惡途。

踏む（ふむ） 0 他五 ➲ 踏まえる / 踏み込む
踩、踏、進入、遵循、有經驗 ★★★☆
友達の足を踏んだ。（ともだち・あし・ふ） 踩到朋友的腳。

増やす（ふやす） 2 他五 ➲ 増える / 増す
增加、繁殖 ★★☆☆
椅子の数を増やす。（いす・かず・ふ） 增加椅子的數量。

振(ふ)り返(かえ)る ③ 他五

回頭看、回顧 ★☆☆☆

学生時代(がくせいじだい)を<u>振(ふ)り返(かえ)る</u>。　回顧學生時代。

降(ふ)る ① 自五

下雨、下雪 ★★★★

朝(あさ)からずっと雨(あめ)が<u>降(ふ)って</u>いる。　從早上開始一直下著雨。

震(ふる)える ⓪ 自一 ➲ 震(ふる)わせる

震動、發抖、打顫 ★★☆☆

地震(じしん)で窓(まど)ガラスが<u>震(ふる)えて</u>いる。　因地震玻璃震動著。

震(ふる)わせる ⓪ 他一 ➲ 震(ふる)える

使震動、使發抖 ★☆☆☆

上司(じょうし)は怒(いか)りに声(こえ)を<u>震(ふる)わせた</u>。　上司氣到聲音發抖。

触(ふ)れる ⓪ 自他一

觸碰、接觸、觸及、感覺 ★★☆☆

前髪(まえがみ)が額(ひたい)に<u>触(ふ)れて</u>いる。　瀏海碰到額頭。

MP3 29

隔(へだ)たる ③ 自五 ➲ 隔(へだ)てる

距離、差距、疏遠 ★☆☆☆

2人(ふたり)の主張(しゅちょう)は大(おお)きく隔(へだ)たった。 二個人的主張差距大大。

隔(へだ)てる ③ 他一 ➲ 隔(へだ)たる

隔開、挑撥 ★☆☆☆

不信頼感(ふしんらいかん)が2人(ふたり)の関係(かんけい)を隔(へだ)てた。 無信賴感阻礙了二人的關係。

謙(へりくだ)る ④ ⓪ 自五

謙虛 ★☆☆☆

謙(へりくだ)った態度(たいど)で接(せっ)する。 用謙虛的態度對待。

経(へ)る ① 自一

經過、經由、經歷 ★☆☆☆

あっという間(ま)に3年(さんねん)を経(へ)た。 轉眼間過了三年。

減(へ)る ⓪ 自五

減少、餓 ★★☆☆

体重(たいじゅう)が5キロ減(へ)った。 體重減少了五公斤。

MP3 30

▶ 報(ほう)じる 0 3 自他一

報答、告知 ★☆☆☆

テレビが大地震(おおじしん)を<u>報(ほう)じた</u>。 電視報導了大地震。

▶ 葬(ほうむ)る 3 他五

埋葬、掩蓋、拋棄 ★☆☆☆

真相(しんそう)を<u>葬(ほうむ)る</u>。 掩蓋真相。

▶ 放(ほう)り込(こ)む 4 他五

扔進、扔掉 ★☆☆☆

汚(よご)れた服(ふく)を洗濯機(せんたくき)に<u>放(ほう)り込(こ)む</u>。 把髒衣服丟進洗衣機。

▶ 暈(ぼ)ける 2 自一

（相片、顏色）模糊、失焦 ★☆☆☆

写真(しゃしん)の色(いろ)が<u>暈(ぼ)けた</u>。 照片的顏色褪去了。

▶ 誇(ほこ)る 2 他五

自豪、誇耀 ★☆☆☆

才能(さいのう)を<u>誇(ほこ)る</u>。 誇耀才能。

綻(ほころ)びる 4 自一
綻線、綻開、微笑 ★☆☆☆

桜(さくら)の花(はな)が綻(ほころ)びる。 櫻花綻放。

干(ほ)す 1 他五
曬、晾 ★★☆☆

洗濯物(せんたくもの)を干(ほ)す。 晾衣服。

施(ほどこ)す 3 0 他五
施行、施捨、廣泛涉及 ★☆☆☆

手術(しゅじゅつ)を施(ほどこ)す。 施行手術。

誉(ほ)める 2 他一
稱讚、表揚 ★★★☆

学生(がくせい)を誉(ほ)める。 稱讚學生。

ぼやく 2 自他五
囉唆、發牢騷 ★☆☆☆

仕事(しごと)がうまくいかないとすぐぼやく。 工作一不順利，就立刻發牢騷。

MP3 30

掘(ほ)る 1 他五

挖、鑿、發掘 ★★☆☆

井戸(いど)を掘(ほ)る。　挖井。

滅(ほろ)びる 3 自一 ➲ 滅(ほろ)ぼす

滅亡、滅絕 ★☆☆☆

国(くに)が滅(ほろ)びる。　國家滅亡。

滅(ほろ)ぼす 3 他五 ➲ 滅(ほろ)びる

使滅亡、殲滅 ★☆☆☆

敵(てき)を滅(ほろ)ぼす。　消滅敵人。

ま行

學習紀錄 1 2 3

MP3 31

参る（まいる） 1 自他五

去、來、輸、奉上 ★★☆☆

明日お宅へ参ります。（あした たく まい） 明天到府上拜訪。

舞う（まう） 0 1 自五

飛舞、舞蹈 ★☆☆☆

蝶が空を舞う。（ちょう そら ま） 蝴蝶在空中飛舞。

負かす（まかす） 0 他五 ➲ 負ける（まける）

打敗、戰勝 ★☆☆☆

ライバルを負かす。（ま） 打敗競爭對手。

任せる（まかせる） 3 他一

任憑、聽任、委託、盡量 ★★☆☆

店を息子に任せた。（みせ むすこ まか） 把店交給兒子了。

賄う（まかなう） 3 他五

供應、籌措 ★☆☆☆

会の運営費は寄付金で賄う。（かい うんえいひ きふきん まかな） 會的營運費用，用捐款維持。

曲(ま)がる 0 自五 ➲ 曲(ま)げる

彎曲、轉彎、傾斜、乖僻 ★★★★

次(つぎ)の角(かど)を右(みぎ)へ曲(ま)がる。 在下個路口右轉。

紛(まぎ)れる 3 自一

混入、區分不出、注意力分散 ★☆☆☆

人(ひと)ごみに紛(まぎ)れて見(み)えなくなった。 混入人群，看不見了。

巻(ま)く 0 自他五

捲起、擰、纏上 ★★☆☆

傷口(きずぐち)に包帯(ほうたい)を巻(ま)く。 把繃帶纏在傷口上。

負(ま)ける 0 自一 ➲ 負(ま)かす

輸、容忍、減價 ★★★☆

一回戦(いっかいせん)で負(ま)けた。 第一回合輸了。

曲(ま)げる 0 他一 ➲ 曲(ま)がる

弄彎、扭曲、典當 ★★☆☆

膝(ひざ)を曲(ま)げる。 屈膝。

勝（まさ）る 2 0 自五 ➲ 勝（か）つ

勝過、凌駕 ★☆☆☆

実力（じつりょく）は彼（かれ）の方（ほう）が勝（まさ）っている。 論實力他勝過我。

交（まじ）える 3 他一 ➲ 交（まじ）わる / 交（ま）ぜる

夾雜、交叉、交換 ★☆☆☆

身（み）ぶりを交（まじ）えて話（はな）す。 比手畫腳交談。

交（まじ）わる 3 自五 ➲ 交（まじ）える / 交（ま）ぜる

交叉、交際、交往 ★☆☆☆

友達（ともだち）と交（まじ）わる。 與朋友交往。

増（ま）す 0 自他五 ➲ 増（ふ）える / 増（ふ）やす

增加、增長 ★★☆☆

人口（じんこう）が増（ま）す。 人口增加。

交（ま）ぜる 2 他一 ➲ 交（まじ）える / 交（まじ）わる

攪拌、調和 ★★☆☆

白（しろ）と黒（くろ）を交（ま）ぜて灰色（はいいろ）にする。 把白色和黑色混在一起調成灰色。

混ぜる（まぜる） 2 他一

摻混 ★★☆☆

酒（さけ）に水（みず）を混（ま）ぜる。　在酒裡摻水。

跨る（またがる） 3 自五

跨、騎、伸展 ★☆☆☆

馬（うま）に跨（またが）る。　騎馬。

間違える（まちがえる） 4 3 他一

做錯、弄錯、認錯 ★★★☆

計算（けいさん）を間違（まちが）える。　計算錯誤。

待ち望む（まちのぞむ） 0 他五

盼望、期待 ★☆☆☆

子供（こども）の誕生（たんじょう）を待（ま）ち望（のぞ）む。　期待小孩的出生。

待つ（まつ） 2 他五

等待、對待、期待 ★★★★

バスを待（ま）つ。　等公車。

MP3 31

祭る（まつる） 0 他五

祭祀、祭拜 ★★☆☆

祖先（そせん）の霊（れい）を祭る（まつる）。 祭拜祖靈。

学ぶ（まなぶ） 0 2 他五

學習、體驗 ★★☆☆

大学（だいがく）で経済学（けいざいがく）を学ん（まなん）でいる。 在大學學經濟學。

間に合う（まにあう） 3 自五

來得及、起作用、足夠 ★★★☆

バスに間に合う（まにあう）。 趕得上公車。

免れる（まぬがれる） 4 0 他一

避免、擺脫 ★☆☆☆

戦火（せんか）を免れる（まぬがれる）。 免於戰火。

招く（まねく） 2 他五

招呼、邀請、招聘、招待、招致 ★★☆☆

誕生日（たんじょうび）に友人（ゆうじん）を招く（まねく）。 生日時招待朋友來。

守（まも）る ② 他五

守護、遵守　★★☆☆

法律（ほうりつ）を守（まも）る。　遵守法律。

迷（まよ）う ② 自五

迷惑、猶豫、著迷　★★☆☆

道（みち）に迷（まよ）った。　迷路了。

丸（まる）める ⓪ 他一

弄圓、籠絡　★☆☆☆

体（からだ）を丸（まる）める。　蜷曲著身子。

回（まわ）す ⓪ 他五 ➲ 回（まわ）る

旋轉、傳遞、派遣　★★☆☆

ハンドルを左（ひだり）に回（まわ）す。　把方向盤轉向左邊。

回（まわ）る ⓪ 自五 ➲ 回（まわ）す

轉動、繞圈、有作用　★★★☆

扇風機（せんぷうき）が回（まわ）っている。　電風扇轉著。

見合(みあ)わせる 0 4 他一
互看、互相比較、對照 ★☆☆☆

思(おも)わず顔(かお)を見合(みあ)わせた。 不經意照到了面。

見(み)える 2 自一 ➲ 見(み)る / 見(み)せる / 診(み)る
看得見、能看清楚 ★★★☆

今夜(こんや)は星(ほし)がよく見(み)える。 今晚星星看得很清楚。

磨(みが)く 0 他五
刷淨、擦亮、磨光、鍛鍊 ★★★★

歯(は)を磨(みが)く。 刷牙。

見(み)せる 2 他一 ➲ 見(み)る / 見(み)える / 診(み)る
讓人看、顯示 ★★★★

兄(あに)に写真(しゃしん)を見(み)せる。 給哥哥看照片。

満(み)たす 2 他五
填滿、滿足 ★☆☆☆

成功(せいこう)が心(こころ)を満(み)たす。 成功讓心靈滿足。

▶ 乱す（みだす） 2 他五 ➲ 乱れる（みだれる）

弄亂、擾亂 ★☆☆☆

心（こころ）を乱（みだ）す。　擾亂心神。

▶ 乱れる（みだれる） 3 自一 ➲ 乱す（みだす）

散亂、雜亂、動亂 ★☆☆☆

前髪（まえがみ）が乱（みだ）れる。　瀏海亂。

▶ 導く（みちびく） 3 他五

帶路、指引、導致 ★☆☆☆

お客様（きゃくさま）を席（せき）に導（みちび）く。　將客人帶到位子上。

▶ 見つかる（みつかる） 0 自五 ➲ 見つける（みつける）

被發現、被找到 ★★★☆

無（な）くした財布（さいふ）が見（み）つかった。　不見了的錢包找到了。

▶ 見つける（みつける） 0 他一 ➲ 見つかる（みつかる）

發現、找到 ★★★☆

新（あたら）しい仕事（しごと）を見（み）つける。　找新工作。

認(みと)める 0 他一

看到、判斷、允許、賞識、認同 ★★☆☆

息子(むすこ)の留学(りゅうがく)を認(みと)めた。 允許兒子去留學。

見(み)なす 0 2 他五

看作、當作 ★☆☆☆

黙(だま)っている者(もの)は賛成(さんせい)と見(み)なす。 沉默者視為贊成。

見習(みなら)う 3 0 他五

模仿、學習 ★☆☆☆

先生(せんせい)の発音(はつおん)を見習(みなら)う。 模仿老師的發音。

見逃(みのが)す 0 3 他五

看漏、錯過、寬恕 ★☆☆☆

せっかくのチャンスを見逃(みのが)す。 錯過難得的機會。

実(みの)る 2 自五

成熟、結果實、有成績 ★★☆☆

柿(かき)がたくさん実(みの)った。 柿子結了很多果實。

MP3 33

見る(み) 1 他一 ➲ 診る(み) / 見える(み) / 見せる(み)

看、參觀、觀察 ★★★★

映画(えいが)を見る(み)。 看電影。

診る(み) 1 他一 ➲ 見る(み) / 見える(み) / 見せる(み)

診療、看（病） ★★☆☆

医者(いしゃ)に病気(びょうき)を診(み)てもらう。 請醫生看病。

迎える(むか) 0 他一

迎接、迎合 ★★★☆

新(あたら)しい年(とし)を迎(むか)える。 迎接新的一年。

向く(む) 0 自他五 ➲ 向ける(む)

向、朝、趨向、適合 ★★☆☆

恥(は)ずかしくて下(した)を向(む)いた。 害羞地低下頭。

向ける(む) 0 他一 ➲ 向く(む)

向、朝、派遣、挪用 ★★☆☆

顔(かお)を前(まえ)に向(む)けなさい。 臉朝正面！

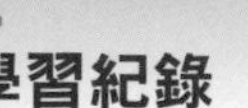

蒸（む）す 1 他五

悶熱、蒸 ★★☆☆

饅頭（まんじゅう）を蒸（む）す。　蒸包子。

結（むす）ぶ 0 自他五

繫、連結、締盟、緊閉 ★★☆☆

靴（くつ）の紐（ひも）を結（むす）ぶ。　綁鞋帶。

群（むら）がる 3 自五

群聚 ★☆☆☆

市場（いちば）に人（ひと）が群（むら）がる。　市場裡擠滿人。

恵（めぐ）む 0 他五

同情、施捨 ★☆☆☆

貧（まず）しい人（ひと）にお金（かね）を恵（めぐ）む。　施捨錢給貧窮的人。

めくる 0 他五

翻、掀、扯 ★☆☆☆

雑誌（ざっし）をめくる。　翻雜誌。

ま　み　む　め　も

目覚（めざ）める 3 自一

睡醒、覺悟、自覺 ★☆☆☆

朝（あさ）6時（ろくじ）に目覚（めざ）めた。　早上六點醒了。

設（もう）ける 3 他一

預備、設立 ★☆☆☆

事務所（じむじょ）を設（もう）ける。　設置事務所。

申（もう）す 1 自五

說、叫做、稱為 ★★☆☆

私（わたし）は山田（やまだ）と申（もう）します。　我叫山田。

もたらす 3 他五

帶來、造成 ★☆☆☆

戦争（せんそう）が惨（みじ）めな生活（せいかつ）をもたらした。　戰爭帶來了悲慘的生活。

用（もち）いる 3 0 他一

使用、錄用、採用 ★★☆☆

新（あたら）しい方法（ほうほう）を用（もち）いる。　使用新的方法。

MP3 35

持(も)つ 1 他五

拿、持、帶、抱有、具有 ★★★★

手(て)に本(ほん)を持(も)っている。 手上拿著書。

持(も)て成(な)す 3 0 他五

接待、款待 ★☆☆☆

先生(せんせい)を持(も)て成(な)す。 招待老師。

持(も)てる 2 自一

有人緣、維持 ★☆☆☆

彼女(かのじょ)は友達(ともだち)に持(も)てる。 她在朋友間很受歡迎。

戻(もど)す 2 他五 ➲ 戻(もど)る

使回到原位、使倒退 ★★☆☆

本(ほん)を棚(たな)に戻(もど)す。 把書放回架上。

求(もと)める 3 他一

徵求、追求、要求、購買 ★★☆☆

職(しょく)を求(もと)める。 找工作。

MP3 35

戻(もど)る 2 自五 ➲ 戻(もど)す

回到、返回、回家 ★★★☆

自分(じぶん)の席(せき)に戻(もど)る。 回自己的位子。

催(もよお)す 3 0 自他五

舉辦、預兆 ★☆☆☆

カラオケ大会(たいかい)を催(もよお)す。 舉辦卡拉OK比賽。

もらう 0 他五

接受、獲得、承擔 ★★★☆

お金(かね)をもらう。 得到錢。

漏(も)らす 2 他五 ➲ 漏(も)る

漏、遺漏、洩漏 ★☆☆☆

秘密を漏(も)らした。 洩漏了祕密。

盛(も)り上(あ)がる 4 0 自五

膨脹起、隆起、高漲 ★☆☆☆

世論(よろん)が盛(も)り上(あ)がる。 輿論高漲。

MP3 35

漏る（もる） 1 自五 ➲ 漏らす（もらす）

漏

★☆☆☆

雨（あめ）が漏る（もる）。

漏雨。

や行～わ行

MP3 36

▶ 役立つ(やくだつ) 3 自五

有用、有效 ★★★☆

スポーツは健康(けんこう)に役立つ(やくだつ)。 運動有益於健康。

▶ 焼く(やく) 0 他五 ➲ 焼ける(やける)

燒、烤、煎 ★★★☆

フライパンで肉(にく)を焼く(やく)。 用平底鍋煎肉。

▶ 焼ける(やける) 0 自一 ➲ 焼く(やく)

燒毀、烤熟、曬黑 ★★★☆

火事(かじ)で家(いえ)が焼けた(やけた)。 因火災家燒毀了。

▶ 養う(やしなう) 3 0 他五

養活、飼養、休養 ★☆☆☆

家族(かぞく)を養う(やしなう)。 養活一家人。

▶ 休む(やすむ) 2 自他五

休息、請假、停止 ★★★★

学校(がっこう)を休む(やすむ)。 向學校請假。

痩(や)せる 0 自一

瘦、貧瘠 ★★★☆

最近(さいきん)彼女(かのじょ)は痩(や)せた。 最近她瘦了。

雇(やと)う 2 他五

僱用 ★★☆☆

販売員(はんばいいん)を雇(やと)う。 僱用銷售員。

破(やぶ)る 2 他五 ➲ 破(やぶ)れる

弄破、破壞、違反、打破 ★★☆☆

手紙(てがみ)を破(やぶ)る。 撕毀信件。

破(やぶ)れる 3 自一 ➲ 破(やぶ)る

破裂、破滅 ★★☆☆

靴下(くつした)が破(やぶ)れた。 襪子破了。

止(や)む 0 自五 ➲ 止(や)める

停止、中止 ★★★☆

雨(あめ)が止(や)んだ。 雨停了。

MP3 37

止める（やめる） 0 他一 ➲ 止む（やむ）

停止、作罷 ★★★☆

雨（あめ）なので出（で）かけるのを止（や）めた。 因為下雨，不出門了。

辞める（やめる） 0 他一

辭去 ★★★☆

来月会社（らいげつかいしゃ）を辞（や）める。 下個月辭職。

やる 0 他五

做、玩、表演 ★★★★

学生時代（がくせいじだい）にテニスをやっていた。 學生時期打網球。

歪む（ゆがむ） 0 2 自五

歪斜、行為偏激 ★☆☆☆

ネクタイが歪（ゆが）んでいる。 領帶歪了。

許す（ゆるす） 2 他五

允許、原諒、信任、承認、放鬆 ★★☆☆

今回（こんかい）だけは許（ゆる）す。 就這次，原諒你。

MP3 38

▶ **揺(ゆ)れる** 0 自一

搖動、顛簸、躊躇 ★★★☆

地震(じしん)で家(いえ)が揺(ゆ)れた。 因地震家搖晃。

▶ **汚(よご)す** 0 他五 ➲ 汚(よご)れる

弄髒 ★★☆☆

泥(どろ)で服(ふく)を汚(よご)した。 因污泥弄髒衣服。

▶ **汚(よご)れる** 0 自一 ➲ 汚(よご)す

污染、髒掉、丟臉 ★★★☆

転(ころ)んで手(て)が汚(よご)れた。 跌倒手髒了。

▶ **呼(よ)ぶ** 0 他五

叫、喊、邀請、引起 ★★☆☆

タクシーを呼(よ)ぶ。 叫計程車。

▶ **読(よ)む** 1 他五

讀、唸 ★★★★

新聞(しんぶん)を読(よ)む。 看報紙。

MP3 39

寄(よ)る 0 自五

靠近、預料到、聚集、順路到 ★★★☆

少(すこ)し左(ひだり)に寄(よ)る。 稍微往左靠。

喜(よろこ)ぶ 3 自五

歡喜、愉快地接受 ★★★☆

母(はは)は私(わたし)の顔(かお)を見(み)て喜(よろこ)んだ。 母親看到我，很高興。

沸(わ)かす 0 他五 ➲ 沸(わ)く

燒開、煮沸、融化 ★★★☆

お湯(ゆ)を沸(わ)かす。 燒水。

分(わ)かる 2 自五

明白、理解、判斷 ★★★★

明日(あした)テストの結果(けっか)が分(わ)かる。 明天會知道考試的結果。

分(わ)かれる 3 自一

分離、分手 ★★★☆

道(みち)が２つ(ふた)に分(わ)かれている。 路分為二條。

MP3 39

沸(わ)く 0 自五 ➲ 沸(わ)かす

沸騰、歡騰 ★★★☆

お湯(ゆ)が沸(わ)いた。 水開了。

忘(わす)れる 0 自他一

忘記、遺忘 ★★☆☆

昔(むかし)のことはもう忘(わす)れた。 過去的事已經忘了。

渡(わた)す 0 他五 ➲ 渡(わた)る

交給、渡 ★★★★

子供(こども)にお金(かね)を渡(わた)す。 把錢交給小孩。

渡(わた)る 0 自五 ➲ 渡(わた)す

通過、過日子、普及 ★★★★

橋(はし)を渡(わた)る。 過橋。

笑(わら)う 0 自五

笑 ★★★☆

腹(はら)を抱(かか)えて笑(わら)う。 捧腹大笑。

▶ 割(わ)り込(こ)む 3 自五

擠進、插嘴、搶先、減價 ★☆☆☆

列(れつ)に<u>割(わ)り込(こ)む</u>。　插隊。

▶ 割(わ)る 0 他五 ➲ 割(わ)れる

分開、打破、細分、摻水 ★★☆☆

子供(こども)が窓(まど)ガラスを<u>割(わ)った</u>。　小孩打破了玻璃。

▶ 割(わ)れる 0 自一 ➲ 割(わ)る

破掉、分裂、裂開 

地震(じしん)で窓(まど)ガラスが<u>割(わ)れた</u>。　因地震，窗戶的玻璃破了。